3

（英）约翰·克里斯托弗————— 著

邹运旗————— 译

少年地球护卫队

The Tripods: The Pool of Fire

护卫队

—————— 决战外星人 ——————

北京联合出版公司
Beijing United Publishing Co.,Ltd.

图书在版编目（ＣＩＰ）数据

少年地球护卫队．决战外星人／（英）约翰·克里斯
托弗著；邹运旗译．— 北京：北京联合出版公司，
2021.5

ISBN 978-7-5596-4625-5

Ⅰ．①少… Ⅱ．①约… ②邹… Ⅲ．①儿童小说—幻
想小说—英国—现代 Ⅳ．① I561.84

中国版本图书馆 CIP 数据核字 (2020) 第 198114 号

THE TRIPODS: THE POOL OF FIRE
by John Christopher
Copyright © 1968 by John Christopher
Simplified Chinese edition copyright © 2021 Beijing United Creadion Culture Media Co., Ltd
Published by agreement with Baror International, Inc., Armonk, New York, U.S.A. through The Grayhawk
Agency Ltd
ALL RIGHTS RESERVED

少年地球护卫队：决战外星人

作　者：(英) 约翰·克里斯托弗　　译　者：邹运旗
出品人：赵红仕　　　　　　　　　责任编辑：牛炜征
特约编辑：郭　梅　　　　　　　　产品经理：张建鑫
封面设计：张景春　　　　　　　　封面绘图：叶长青
封面授权：博识出版　　　　　　　美术编辑：郑广明

- -

北京联合出版公司出版
（北京市西城区德外大街 83 号楼 9 层　　 100088 ）
北京联合天畅文化传播公司发行
北京飞达印刷有限责任公司印刷　新华书店经销
字数　125 千字　880 毫米 ×1230 毫米　 1/32　 6.5 印张
2021 年 5 月第 1 版　　　　　　 2021 年 5 月第 1 次印刷
ISBN 978-7-5596-4625-5
定价：42.00 元

- -

前　言

人类拥有的最大天赋和才能是什么？

它不是智慧、力量、健康、勇气或美貌。拥有这些固然很好，但如果没有其他更深刻更重要的东西，它们便一文不值。

海伦·凯勒在幼儿时便失明失聪，从此陷入一种可怕而绝望的孤独中，直到有人发现了她，照顾她，并教她如何沟通。她学习说话、阅读和写作，并以高超的技巧掌握了这三种技能。她去世时享年88岁，她一生的大部分时间都在帮助失明和聋哑的人。的确，我们生来就是孤独的，需要他人——通常是我们的父母，从根本上说是我们的母亲——来教导我们沟通技能，因为如果没有这种技能，人类所有其他的天赋都毫无意义。

现在让我们来看看威尔和他在金与铅之城的外星"主人"。据威尔了解，相比于人类，外星"主人"们的生活要独立得多。比如，在他们的世界里，并没婚姻和孩子这类东西。他们通过单性生殖——类似植物的萌芽——使物种永存。对威尔的

"主人"来说，友谊这类东西很神奇，因此非常吸引人。事实上，他对此很感兴趣，并试图与威尔建立这样的关系。但是，友谊需要朋友之间的平等对待，这一点超越了他的接受范围。相反，他将威尔视为宠物。

但这种缺陷（正如我们所见）对外星"主人"而言也有积极的一面。人类之间虽然交流，但难免会失败或不充分，这个时候他们彼此都会生气。外星"主人"发现，这个被他们征服的世界永远处于战争状态。这一点令他们感到困惑。他们永远不会通过战争毁灭自己，而人类有时似乎受到威胁要这样做。

威尔是这样想的："我曾经很好奇：'主人'们为什么不怕麻烦地学会了人类的语言，而不是让奴隶学习他们的语言呢？……我的'主人'能用德语与我说话，也能同来自其他地区的奴隶交流，他会说好几种人类的语言。他有时觉得人类很搞笑，居然还分不同的人种，而且相互之间无法正常交流。'主人'们似乎都属于同一个种族，个体之间虽有差异，联合起来却十分团结。而人类呢，即使在'主人'降临地球之前，他们也是一盘散沙。"

乍一看，威尔出生和成长的地方并不是一个不幸的世界。在那里，生命随着季节的变化平静而和谐地延续着。他身边戴金属帽子的成年人——他的父母、父母的朋友，甚至他的表兄妹和最好的朋友杰克——都过着他们自认为还不错的生活。他们对失去自由并没有异议，因为他们压根儿就不知道自己失去了什么。偶尔看到三脚机器人，他们并不会感到不安。因为他们的思想已经被操控，他们将三脚机器人看作善良的保护神，而不是奴役自己的怪物。

在红塔城堡逗留期间，威尔曾被一种前景所吸引。尽管发现美丽的埃洛伊丝已经戴上了金属帽，从根本上附属于三脚机器人，他仍被埃洛伊丝的母亲伯爵夫人展现给自己的前景所吸引。她告诉他："你虽不是贵族出身，但可以被加封为贵族，只要国王点头同意就行。而国王是我的表弟。"威尔的脑子飞快地想着未来即将发生的事情。"我会拥有自己的仆人、自己的马，还有为我量身定做的盔甲，这样我就可以骑着马参加比武大会了。我会成为红塔城堡中的一位贵族，是家族里的一员……"

因此，当亨利和竹竿儿准备继续他们的旅程、前往自由人的基地白色的群山时，威尔退缩了。如果留下来意味着他将享受美好的生活，还能与埃洛伊丝结婚，那么被戴上金属帽子还会那么可怕吗？他让朋友们先出发，说自己会紧随其后，但他们并不相信他，就连威尔自己内心都不相信自己。直到埃洛伊丝在比武大会上被加冕为女王并开心地告诉威尔自己要去三脚机器人的城市为他们服务时，震惊的威尔这才开始重新审视自己的所作所为，并再一次坚定了为自由而战的决心。

但是，如果人类以绝对的优势战胜了对手，赢得了这场战斗——击败三脚机器人并重新获得自由——接下来会发生什么呢？

尽管令人生疑或存在不确定性，但我们所拥有的与他人交往的奇妙能力也正是仇恨产生的根源。爱与恨犹如一枚硬币的正反两面，在人类历史上，这枚硬币一直被无休止地抛来抛去，却没有产生任何最终结果。所以，威尔和他的朋友们必须面对两个挑战。最迫切的一个是，要摆脱外星"主人"的暴政，使人类重获自由。完成了这个目标，他们还须面对三脚机器人出现之前就存在的问题：不团结和战争的恐惧。

相比于第一个挑战，第二个挑战更为艰巨。重获自由后，人类仍然可以和平地相处吗？冒险结束后，威尔和他的同伴们对此保持乐观的态度是可以理解的。

我们都应该祝福他们。

彭向阳 译

contents

目　录

第一章

行动计划

CHAPTER 1

到处都是水声。有些地方，水声就像微弱的窃窃私语，若不是因为周围太过安静，你根本无法听到。另有些地方，轰隆隆的水声仿佛从远处传来，好像地下深处有个巨人正在自言自语，令人毛骨悚然。还有些地方，哗啦啦的水声既清澈又响亮，水流在油灯的映照下清晰可见。水流或漫过平坦的岩石，注入黑漆漆的水面，或跃过陡峭的尖石，飞流直下，溅起大量水花。更有些地方，河道幽长，静水流深，默默无声，只能偶尔听到单调的滴水声……这一下一下的滴水声已经持续了无数个世纪，并将继续持续下去。

天色已晚，我离开站岗的位置，穿过灯光昏暗的隧道，前去参加会议。我只有一个人，但心情很轻松。在这里，大自然的造化之功与人类工匠的辛勤劳作融合在了一起。地球的不安躁动、地下暗河的不断侵蚀，共同在山脉间的石灰石岩层里掏出无数山洞与隧道。不过，这里也留下了古代祖先的痕迹。很久以前人类就曾到过这里。他们铲平了凹凸不平的地面，拓宽了狭窄的沟渠，为了引导并帮助观光客，他们还打磨了石头并在上面安插了围栏。他们拖来了又长又粗的电缆，把那种叫作"电"的能源引入山中，点亮沿途的玻璃灯泡。竹竿儿曾对我说，我们当中的智者已经掌握了电力的原理，但我们找不到电源，所以这里暂时还用不上电。至于以后……也不好说呀。现如今，人类只能像老鼠一样躲藏在地球的阴暗角落，因为这个世界正处于三脚机器人的统治之下，这些钢铁巨兽迈着三条长腿，在地球表面横冲直撞，无人能敌。

我曾经讲过，在一个名叫奥兹曼迪亚斯的陌生人的鼓励之下，我离开了自己生长的家乡。这事发生在一个夏天，那是我作为孩子度过的最后一个夏天。当时，再过一年我就要参加"加冠礼"了。无论男孩还是女孩，在他们十四岁那一年，都会被一个三脚机器人带走。再回来时，他们头上会多出一顶金属帽子——帽子由银色的金属丝编织而成，可以牢牢地扣在头顶，让他们从此完全听从外星"主人"的调遣。每年总有一些人在金属帽子的压力之下精神崩溃，变成"流浪者"。他们会变得神志不清，毫无目的地从一个地方流浪到另一个地方。奥兹曼迪亚斯假装成流浪者周游各地，实际上，他真正的目的是要招募新人，共同对抗三脚机器人。

就这样，我离家出走了。我有个堂弟叫亨利，跟我住在同一个村子里，我们是一同上路的。后来，我们俩又遇上了竹竿儿，三人结伴赶往南方。（其实竹竿儿的真名叫让 - 保罗，因为他长得又高又瘦，我们就给他起了个外号叫"竹竿儿"。）最终，经过漫长的旅程，我们抵达了白色的群山，找到了奥兹曼迪亚斯提到过的自由人聚居地。第二年，在山上，自由人选出三个孩子组成先锋队去参加加冠者的运动大会，进而潜入三脚机器人出没的城市，刺探敌人的情报。只不过，我们三个没有都入选。亨利被留下了，顶替他的是弗里茨。三脚机器人之城所在的地区曾经叫"德国"，弗里茨就是"德国"本地人。最终，我和他进入了机器人之城，成为奴隶，服侍所谓的"主人"——他们来自遥远的星球，身形巨大，形如爬虫，长着三条腿和三只眼睛。我们摸清了他们的生活习性，打探到了他们的计划。但是后来只有我一个人逃了出来。我跳进城市的下水道，沿着地下河游出城，被城外的竹竿儿救下。我们等了几天，希望弗里茨也能逃出来。直到冬天来临，大雪降下，他都没有出现，我们俩没办法，只好心情沉重地返回白色的群山。

等我们回到山上，却发现聚居地已经转移了。这是我们的领袖朱利叶斯经过深思熟虑之后做的决定。他担心我们的目的有可能被敌人发现，如果被他们抓住，敌人甚至有可能检查我们的大脑，从而知晓所有秘密。于是，朱利叶斯没有通知我们，带领所有人从白色群山的隧道中撤了出来，只留下几个侦察兵，希望能等到我们的归来。我和竹竿儿回来后，看着已然荒废的要塞，心情特别沮丧。这时，侦察兵发现了我们，把我们带到了新的基地。

去新家要往东走很远的路。那边不再是崇山峻岭，而是许多小山和丘陵。一道狭窄的山谷中间有片土地，两边是险要的山岗，山上长满了茂密的松树。戴上金属帽的居民住在山谷里，我们则占据了山谷两侧的山地。我们住在一片山洞里，那里道路崎岖，距离谷地足有好几英里，好在出入口不多，我们的人足以守住所有边防要道，一旦遭到攻击，还能迅速转移。

不过，迄今为止，周围一片宁静，基地还没有遇到过进攻。有时我们会到山谷里抢些食物。突击队每次下山都很小心，他们会绕上好长一段路，以免暴露基地的位置。

今天，朱利叶斯要召开一个重要会议，因为我是这里唯一一个进入过机器人之城的人，与怪物"主人"有过面对面的接触，所以朱利叶斯叫我不必再站岗，一同前去参加会议。

会议在一个山洞里召开。洞顶高高拱起，隐入黑暗之中，洞里那几盏可怜的油灯根本照不到它。我们就像坐在漆黑的夜空之下，只是"天上"没有一颗星星。部分油灯挂在墙壁上，摇曳闪烁，更多油灯则摆在桌子上，朱利叶斯和他的顾问们坐在桌子后面，屁股下是做工粗糙的木头板凳。看到我进来，朱利叶斯站起来表示欢迎。他现在身体不算好，哪怕只是稍微活动一下，就算身体不痛，也不会很舒服。他小时候摔断了腿，如今年纪也大了。不过，由于常年生活在白色的群山中，那里空气稀薄，阳光充足，所以他虽然须发皆白，但面色依然红润。

"威尔，快过来，坐在我身边。"他说，"会议刚刚开始。"

我和竹竿儿回到这里已经一个月了。刚回来时，我就把一切消息都告诉了朱利叶斯及委员会的其他成员，还把带回来的几样东西都交给了他们，其中有一瓶怪物"主人"呼吸的绿色有毒气体、一瓶机器人之城里经过加工的水。我本以为他们会立刻展开行动。虽然不清楚应该怎么行动，但我想，应该很快会有动作吧。我还告诉了他们一件大事：一艘大型飞船已经开始跨越茫茫宇宙，往我们这里飞来了。飞船从怪物"主人"的星球出发，装载着某种可以改变地球大气层、让"主人"们自由呼吸的机器，这样他们就不必待在城中受圆形穹顶的保护了。而人类，还有地球上的其他所有物种，都将在绿色的迷雾中窒息、灭亡。我的"主人"提到，还有四年，飞船就将抵达，那些机器将被安置好。我们的时间已经不多了。

朱利叶斯开始讲话，可能主要是讲给我听，好解答我的疑惑。他说："我知道，你们很多人都已经等得不耐烦了。你们这么想，其实很正常。我们都清楚我们的任务有多么艰巨、多么紧迫。我们没有任何借口再耽搁了。时间紧迫，每一天，每一分，每一秒，都非常重要。

"但有些事情同样重要，甚至重要得多，那就是——提前做好计划。正因为形势紧急，在行动之前，我们必须再三考虑清楚。我们经不起多少次失败，甚至连一次都承受不起。所以，在把诸位召集起来宣布整个计划之前，我们忧心忡忡地详细考虑了很久。今天，我会把所有细节都告诉大家，每一个人都将接到一个任务。稍后，我会为大家一一指明。"

他停了下来。我看到桌子前面的人群中有个人站了起来。朱利叶斯说："皮埃尔，你要发言吗？等一下才能轮到你，你是知道这一点的。"

我们刚到白色的群山时，皮埃尔就已经是委员会的成员之一了。他是个皮肤黝黑、很难相处的家伙。很少有人会反对朱利叶斯，可他偏偏不信这个邪。我听说，他曾反对派人潜入金与铅之城的计划，也反对撤出白色群山的决定。到最后，他退出了委员会，或者说，被开除了。我不清楚到底哪一个才是真的。他来自法国南部地区，那里有一段山脉与西班牙的土地接壤。他说："我有话要讲，朱利叶斯。最好现在就说，不能留到最后。"

朱利叶斯点点头："那好，你讲吧。"

"你刚刚提到，委员会把我们召集起来，是要宣布计划。你还提到，每个人都将接到一项任务。这是不是说，你要我们做什么，我们就必须做什么？我必须提醒你，朱利叶斯，你讲话的对象不是戴着金属帽子的人，而是自由人。你召集我们，应该是商量事情，而不是下达命令。制订计划打败三脚机器人，有这个想法的人很多，不光只有你和你的委员会。其他人也并不缺少智慧。所有自由人都是平等的，我们要求得到平等的权利。这不光是正义的要求，也是大家的共识。"

他不再讲话，但还是站在那里。他周围有一百多个人，全都蹲坐在光秃秃的岩石上。山洞外面正值冬天，山上堆满了积雪。但在山洞里，厚厚的山石保护着我们。山洞里的温度从不改变，每一天、每一年都始终保持恒温。

朱利叶斯等了一会儿，然后说道："自由人也有很多管理自己的方式。为了共同生活与工作，我们必须放弃一部分自由。与戴上金属帽子的人不同，我们的'放弃'是自愿的，是心甘情愿的，是为了实现共同的目标；而那些人的想法则被外星生物控制着，外星人对待他们如同牲畜。此外，对自由人来说，我们的'让步'仅限于一时，是大家自己同意的，而非出于强迫或欺骗。如果不同意，我们随时可以收回。"

皮埃尔说："既然你谈到'同意'，朱利叶斯，那我问你，是谁同意给你权力的？是委员会。谁任命了委员会？是委员会自己，在你的控制之下！那么请问，自由又在哪里？"

"会有这么一天的，"朱利叶斯回答，"我们将会聚在一起，讨论如何管理自己。等到我们彻底消灭了控制整个世界的外星人，这一天就会到来了。在那之前，我们没有时间继续争吵。"

皮埃尔还想说些什么，但朱利叶斯抬起一只手打断了他。

"同样，我们没有时间制造争议，或者企图制造争议。姑且不管你是出于什么动机，但你的话或许有些道理。在自由人当中，委员会的权力是大家给的，也可以被大家剥夺。权力同样需要得到大家的认可。现在我问一句：还有没有人质疑委员会的权威，质疑委员会下达命令的权力？有的话，请站出来！"

朱利叶斯不再讲话。除了有人在地上蹭蹭脚，还有远处传来的不间断的流水声，洞穴里一片寂静。我们等了一会儿，看有没有第二个人站起来。但是，没有。又过了一段时间，朱利叶斯说："看来没人支持你，皮埃尔。"

"只是今天。明天就不一定了。"

朱利叶斯点点头。"你倒提醒我了，所以我要再问一个问题。我想问大家：是否赞成委员会成为我们的管理者，直到那些自称为'主人'的怪物被彻底消灭？"他顿了一下，"赞成的，请站起来。"

这一次，所有人都站了起来。一个叫马可的意大利人说："我提议开除皮埃尔，因为他反对我们大家的意愿。"

朱利叶斯摇摇头："不。不能开除他。我们需要每一个人的力量。皮埃尔会尽心尽责地完成他的工作——这一点我可以保证。听我说，我接下来将会宣布整个计划。但在那之前，我想让威尔讲一讲我们敌人的城市里是什么样子。请讲吧，威尔。"

我刚回来时就对委员会讲述了自己的经历，那时他们要求我将这些情况暂时保密。对于平时的我而言，这可能不容易做到。我天生爱讲话，我的脑袋里充满了在机器人之城见到的奇观——有奇观，也有恐惧。不过，现在我的心情和以往确实不一样。在回来的路上，竹竿儿的陪伴、一路上的饥餐渴饮，以及不清楚回来后会遇到什么，这些都转移了我的注意力，使我没有时间回想自己经历的一切。但回到新的基地住进山洞里之后，情况就不一样了。山洞里的夜晚只有昏暗的孤灯陪伴，周围一片寂静，我开始思考和回忆。因为弗里茨，我陷入了深深的自责。我突然发现，我不想对任何人讲我看到过什么、经历过什么。

如今，朱利叶斯要我讲这些事，我发现自己心里很乱。我讲得很拘谨，经常停顿，还总是重复一些事情，有时甚至语无伦次。但是，随着我继续讲下去，我发现大家听得是那么专注，于是我鼓起勇气接着往下讲。我的回忆又将我带回到那段可怕的日子——在怪物"主人"城市里的强大重力作用下，我身负难以忍受的重担，挣扎求存；在终日不变的高温和潮湿的环境中，我汗流浃背；我亲眼见到其他奴隶在辛苦的劳动下变得越来越虚弱，直至身体被累垮；我知道，我的命运恐怕也将如此；而弗里茨最终没能挺过来。后来，竹竿儿告诉我，我的讲话充满激情，言辞流畅，根本不像平时的我。我讲完后坐了下来，山洞里依然一片寂静，可见我的故事对他们造成了多大的震撼。

朱利叶斯再次开口："我让威尔先发言，有这么几个原因。第一，他所讲的都是真实的，是他亲眼所见、亲身经历过的。你们已经听到了，那么，你们应该明白我的意思。由他亲自讲述，能让你们更有身临其境之感。第二，这么做是为了激励你们。这些怪物'主人'不但掌握着惊人的科技，力量也比人类大得多。他们能够跨越无法想象的空间距离，由一颗星球来到另一颗星球上。他们的寿命相当长，与之相比，我们人类的一生就像蜉蝣的舞蹈，朝生暮死，随即葬身在河水中。然而……"他停了一下，面带微笑地看了我一眼。

"然而，威尔，一个普通的孩子，头脑不比其他人聪明，身体不比别人强壮，却能击倒一头怪物，看着他跌倒、死去。当然了，他很幸运。他们脸上有块地方很脆弱，无法承受打击，幸运的威尔发现了这一点，并成功打倒了对手。事实上，他把对方打死了。这说明怪物并不是没有弱点，所以我们更应该鼓起勇气。威尔依靠幸运赢得了战斗，我们为什么不能呢？我们只要下定决心，制订好计划，一定也能行！

"接着要谈到我让威尔发言的第三点原因——从根本上说，威尔的行动失败了。"他又看了我一眼，我的脸唰地红了。朱利叶斯语气平静，不慌不忙，继续说下去："怪物'主人'之所以起疑心，是因为他进了威尔的房间，找到了威尔的笔记，上面写着有关机器人之城和他们内部的信息。威尔没想到'主人'会进他的房间，因为他们进去时必须戴上面罩才能呼吸。可惜，这个想法太幼稚了。毕竟，他知道自己的'主人'和大多数'主人'不一样，他比较关心奴隶。在威尔进城之前，那个'主人'就曾稍微改造过奴隶的房间，好让他们住得舒服一些。所以，威尔应该预料到，如果'主人'还这么善待奴隶，那他一定会发现笔记的。"

朱利叶斯语气平和，与其说是责备我，不如说是在陈述事实。但他越是这样，我反而越觉得羞愧和难堪。

"在弗里茨的帮助下，威尔才算挽回局势。他逃出了机器人之城，回到我们中间，还带回了情报。这些情报的价值难以估量，但我们本应收获更多。"他的目光再次落到我身上，"如果时间充裕，他们可以计划得更周详，弗里茨也有可能回来。他把自己搜集到的信息都告诉了威尔，如果他能活着回来，由他亲口讲述，那就更好了。因为在这场战斗中，每多一个人，我们就多一分力量。"

朱利叶斯又提到我们的时间已不多；提到敌人的飞船已经

上路，正穿过无尽的宇宙空间朝地球驶来；提到飞船上的机器将给地球上的所有生命带来一场终极浩劫。随后，他讲到了委员会做出的决定。

"当前最重要的事，就是发挥我们的影响力，争取到更多——十倍、百倍，乃至成千上万倍——尚未加冠的孩子的支持。为了争取他们，我们必须尽可能地多派人手，到世界各地去召集他们，教导他们。我们要建立作战指挥部，还要建立更多分部。委员会手中有地图，会指示大家到哪里去。我们尤其要在另外两座机器人之城周围培养反抗势力。其中一座城市在千里之外的东方，要越过整片大陆才能到达；另一座则在西方的大洋对岸，去那里，我们要克服语言的障碍，还有其他难题——生存的难题、建立组织的难题。乍一看，这些问题很难攻克，但难题一定会被解决，因为我们必须解决。我们不能示弱，不能绝望，要有信心。为达成目标，我们必须使出浑身解数，献出每一分力量。

"显然，要实现目标，我们要承担很大的风险。我们要警惕怪物'主人'发动反击。他们也许不会在意我们，因为他们的种族灭绝计划很久以前就开始实施了，但我们必须做好迎击的准备。我们不能只守在一个基地里，我们要发展几十、上百个基地，每一个都要能独立运作。委员会将会分散开，众多成员将分散到世界各地，偶尔会一次面，讨论下一步的行动。

"说了这么多，也只是计划的头一部分——紧急动员全部有生力量投入战斗，在三座敌人城市的势力范围内进行侦察，建立基地。另外的部分，可能也是更重要的部分，就是要找到消灭敌人的方法。这就涉及许多艰苦的工作和实验。我们还要建立一个独立的基地，只有指定的几个人知道它的位置。那将是我们最后的希望，绝不能冒险让怪物'主人'找到它。"

"现在，"朱利叶斯说，"我已经把一切都告诉你们了。很快，你们每个人都将接到各自的任务，领到需要的物品，比如说地图，都是你们可能用得上的东西。我再问一次：大家还有别的问题和建议吗？"

没有人说话，皮埃尔也没吭声。

"那么，就让我们开始行动吧。"朱利叶斯顿了一下，"这将是我们最后一次聚集。直到我们完成目标，才会再次召开这样的会议。我想说的最后一句话，其实早就说过了。那就是，我们的行动计划是十分惊人的，也是十分可怕的，但我们绝不能被它吓倒。我们必将成功！而要想成功，我们每个人必须奉献自己的一切。现在，行动吧，愿上帝与你们同在！"

朱利叶斯亲自给我下达了命令。他叫我扮成一个小商贩，骑上一匹马，到南方和东方招募新人，劝说他们一起反抗三脚机器人，然后回到现在这个指挥中心汇报情况。

朱利叶斯问我："你清楚了吗，威尔？"

"清楚了，先生。"

"威尔，看着我。"

我抬起目光。朱利叶斯说："你在会议上对大家讲了你的事情，我却说了那样的话。小伙子，我知道你心里不太好受。"

"先生，我知道你说得对。"

"就算心里明白，想要完全接受也并不容易。你谈到了自己的勇气、技能，还有付出的全部努力，却发现有人跟你唱反调……"

我没有回话。

"听我说，威尔。我说出那样的话是有原因的。我们对自己的要求一定要高，要让自己完成看似不可能的任务。所以，我用你的经历作为例子，告诉大家：一个人的疏忽大意会毁了我们所有人。不管做什么，都要做到完美，千万不要自满，要知道，没有最好，只有更好。但我必须要说，你和弗里茨打探到的消息会帮上我们的大忙。"

我说："弗里茨做得更多，可他没能回来。"

朱利叶斯点点头。"这份痛苦，你必须扛过去。但更重要的是，你回来了——我们的时间本就不多，你又为我们争取到了宝贵的一年。我们都会失去朋友，但要学会坚强，化悲痛为力量，鞭策自己走好以后的道路。"他把一只手放在我的肩膀上，"因为我了解你，所以我敢说，你的表现会越来越好。你会记住我说过的话。我的批评，你会记得更清楚、更长久。我没说错吧，威尔？"

"是的，先生。"我回答道，"你说得没错。"

我们三个——亨利、竹竿儿，还有我——约在老地方见面。那是一个山洞，石壁上方有一条裂缝，可以透进一道微弱的阳光——刚刚够我们看到对方的脸，不用再点油灯。这个山洞距其他洞窟有些远，但我们三个很喜欢到这儿来，因为在这里我们可以感受到外面的世界，而平时站岗时，我们只能匆匆忙忙地朝外面看上一眼。外面的世界有阳光，有风，有气候的变化，不像洞里漆黑一片，只有地下水的轰鸣声、轻语声和滴答声。有一天，一团雾气挤进岩缝，钻入洞中，我们三个扬起脸，感受凉爽的湿气，仿佛从中能嗅到树木和青草的气息。我们猜想，那时外面一定正在经历狂风暴雨、飞沙走石。

亨利说："我将要远渡重洋到西边去。柯蒂斯船长驾驶'猎户星号'送我。他在英格兰解雇了所有的水手，只剩下一个人。那人和他一样，也戴着假的金属帽子。他们会驾船前往法国西部的一个港口，我们将在那里会合。我们一共六个人，我们要去一块叫作'美洲'的大陆，那边的人也说英语。你呢，威尔？"

我简短地告诉了他们我的任务。亨利点点头，明显觉得还是他自己的差事更好、更有趣。我也这么觉得，但我并不在意。

亨利又问："你要去哪儿，竹竿儿？"

"我还不知道。"

"真的假的？他们不是给你分配任务了吗？"

竹竿儿点点头："我要去秘密基地。"

这倒不算出人意料。秘密基地的任务是找到对抗怪物"主人"的方法，显而易见，他们需要竹竿儿这种聪明人。我心想：这一次，我们三个终于要各奔东西了。但这也没什么大不了的。我想得更多的还是弗里茨。朱利叶斯说得很对——他的批评，我记得很清楚，并将永远铭记，永远为之羞愧。如果再准备一个星期，我和弗里茨都能逃出城。都怪我的疏忽大意，事情才会变成那个样子，还害死了弗里茨。这个想法让我难过，但我怎么都忘不掉。

他们两个仍在谈话，我没有插嘴。终于，他们俩注意到了我的异常。亨利问："威尔，你好安静啊，是不是有什么心事？"

"没有。"

亨利坚持道："你最近总是不爱说话。"

竹竿儿说："我曾经读过一本书，是关于美洲土著的。你不正好要去那里吗，亨利？书上说，他们的皮肤是红色的，身上插着羽毛，随身携带着短柄战斧。他们打仗时会敲响战鼓，想要和平时则会点燃烟斗，相互致意。"

竹竿儿对科学研究更感兴趣，并不擅长察言观色——他平时就是这样，到秘密基地后肯定更是如此。可是今天，我感觉他注意到了我的烦恼，也猜到了原因——毕竟，他曾跟我一起在城外焦急地等待弗里茨，并同我一起返回白色的群山——所以，他才会岔开话题，转移亨利的注意力，好让我一个人静静地待一会儿。虽然为此他说了一堆废话，我依然心怀感激。

出发之前，我有许多事情要做。我要学习怎么扮成一个小商贩，还要学习所经之处的不同语言，学习如何建立基地、如何争取那些孩子，以及当我离开时该怎么叮嘱他们。所有技能，我都学得很用心。我已下定决心，这次不能再出任何差错了。但从始至终，我的心情一直好不起来。

亨利在我之前动身。跟他一起出发的还有托尼奥，就是我去北方参加运动大会之前，跟我一起练习拳击的搭档兼竞争对手。他们都情绪高昂。好像除了我，山洞里的所有人都很开心。竹竿儿试着让我振作起来，但没能成功。后来，朱利叶斯叫我去见他。他又对我讲了一番话。他说，自怨自责毫无用处，真正重要的是，要从过去的失败中吸取教训，以免将来再犯同样的错误。我静静地听完，礼貌地表示同意，但我阴郁的心情还是无法改善。朱利叶斯说："威尔，你这样可不对啊。难道你是禁不起批评的人吗？还是说，你一直无法原谅自己？心情老是这么沮丧，你又怎么可能完成委员会交给你的任务呢？"

"我会完成任务的，先生。"我回答，"这次一定没问题，我保证。"

他摇了摇头："我不相信你的保证。你越来越像弗里茨了，但你跟他不一样。没错，就算你会伤心，我也要说说弗里茨。弗里茨天生性情阴郁，但他的阴郁不会影响心智。而你不应该像他一样消沉，你应该是乐观的、风风火火的。对你来说，懊悔和沮丧只能掩盖你的优点。"

"我会竭尽全力的。"

"我知道。可你尽全力就够了吗？"他看着我，用眼神慢慢地打量我，"再过三天，你就要踏上自己的旅程了。但我想，我们必须延期了。"

"可是，先生……"

"没有'可是'，威尔。我已经决定了。"

我说："我已经准备好了，先生。再说，我们也不能浪费时间了。"

朱利叶斯笑了："我们是去打击敌人的，所以一切都不能马虎。可你呢？你已经把我在上次会议上说过的话全都忘光了。我们承受不起任何失误，无论是整个计划，还是某个准备不周的个人，都不行。小伙子，你再多等一段时间吧。"

那一刻，我简直恨死朱利叶斯了。后来，虽然我不再记恨他了，但心中依然特别不高兴。我看着别人一个个离开，自己却被迫留下，真是又急又气。山洞里见不到太阳的日子一天天过去，我知道自己必须调整心态，但我就是做不到。我也试着假装高兴起来，但我知道，没人会上我的当，尤其是朱利叶斯。最后，还是朱利叶斯主动找了我。

他说："我考虑过你的事情了，威尔。我相信，我替你找到了解决方案。"

"我可以出发了吗，先生？"

"等等，等等！你知道的，有些商贩会结伴出行。有个同伴照应，他们可以联手对付小偷，免得货物被偷走。给你找个伙伴儿，应该是个好主意。"

他在微笑，我却很生气。我说："我一个人也能行，先生。"

"问题是，如果你必须跟别人一起，或者单独留下——你会选哪个？"

真是太气人了，他还是认为我一个人什么也干不了。可我现在只剩下一个选择了。我闷闷不乐地回答："那你决定吧，先生。"

"很好，威尔。给你做伴的人……已经选好了。你想见见他吗？"

在油灯的微光下，我看到朱利叶斯在微笑。我却表情僵硬地说："那就见见吧，先生。"

"那样的话……"他把目光转向洞口处的黑影。那儿有一排石灰石支柱，组成了一道石头屏风。朱利叶斯大声说道："你可以进来了！"

一个人影走近我们。我顿时目瞪口呆。我心想，肯定是昏暗的灯光让我眼花了。我宁愿怀疑眼睛欺骗了我，也不敢相信死人真的能复活！

因为那人竟是弗里茨。

后来，弗里茨把一切都告诉了我。

那天他看着我一头扎进水中消失在金色高墙之下后就回去了，并用他所说的方法掩盖了我的行踪。他散布消息说，当我发现自己的"主人"漂在水池里已经死去时，就立刻去了"快乐火葬场"。既然"主人"已经去世了，奴隶活着还有什么意义呢？这倒挺可信的。随后，弗里茨也做好了准备，打算像我一样逃出城。可他的身体不行了。那天晚上，我们两个为了寻找地下河，折腾了整整一晚，他的体力消耗过度，结果，他又一次昏了过去。同样，他又被送进了奴隶医院。

我们已经商量好，假如我成功逃出，会在城外等弗里茨三天。可是，好多个三天过去了，他依然下不了床，于是他猜我肯定已经走了。（实际上，我和竹竿儿一直等了十二天，直到城外风雪交加，才绝望地离去。可惜弗里茨对此一无所知。）想到这儿，他也就不着急了。他发挥自己的优点，开始慢慢地、有条理地从头策划整个逃跑计划。他已经猜到下水道穿过城墙时水流湍急，一定非常危险——没错，如果不是竹竿儿及时把我从河里捞出来，我早就淹死了——他也知道自己的身体很虚弱，需要养足力气才有可能逃生。幸好，奴隶医院为他提供了最佳的休息机会，在这里，他可以避开"主人"的殴打，也不用再干"主人"强加给他的重活儿。当然了，他必须小心，不能引起怀疑，要是其他奴隶发现他在"偷懒"，那可就糟了。他在医院里躺了十四天，还在别人面前装出虚弱的样子，好像随着时间一天天过去，他的身体不但没有恢复，反而越来越糟糕了。然后，他"忧伤"地对别人说，他知道"主人"很需要自己，但他再也没办法服侍"主人"了，所以只能一死了之。当天晚些时候，他离开医院，朝"快乐火葬场"走去，然后中途找个地方藏了起来，一直等到天黑才行动。就这样，他也游过高墙，恢复了自由。

一开始，逃亡计划一切顺利。在那个漆黑的夜晚，他穿过地下河，疲惫地游上岸，准备顺着我们来时的路线朝南方走。那时，他已经比我和竹竿儿落后了两三天。结果，刚上岸不久，他就遇上了一股寒流，一下子病倒了。他躲在一个谷仓里休息，浑身冒虚汗，肚子饿得咕咕叫。他出发时，虽然身体有所恢复，但依然很虚弱，这次又得了肺炎。幸好，后来他被人发现了，得到了救治，不然这场大病肯定会要了他的命。一位女士把他带回了家。几年前，这位女士的儿子戴上金属帽子不久就变成了流浪者，所以，她很爱护弗里茨，把他当成了自己的亲儿子。

后来，他的病好了，身体也恢复了。于是他悄悄地离开，继续上路。这时已是冬天，暴风雪席卷了白色的群山，他只好在山谷里的村庄附近躲了一段时间，之后才踏着厚厚的积雪艰难地爬上山。为了以防万一，朱利叶斯在隧道里留了一名看守，他发现了弗里茨。今天早上，看守带着弗里茨回到了这个山洞中。

所有这些都是弗里茨后来告诉我的。再见到他的那一刻，我只顾呆呆地看着他，完全不敢相信这一切。

朱利叶斯说："我希望，这位伙伴儿能陪你一起出发。威尔，你觉得怎么样？"

直到这时，我才发现自己笑得像个傻瓜。

第二章

『狩猎日』

CHAPTER 2

　　我们朝东南方行进，渐渐远离被严冬封锁的土地。我们先是艰难地往高处走，一路顶风冒雪，穿过一道山口后，我们进入了意大利。之后的路就好走多了。我们穿过一处肥沃的平原，来到了海边。这里的海水是黑色的，海面时有浪花，却没有起伏的潮汐，海边有怪石嶙峋的堤岸和停着渔船的小港湾。再往南走，我们左手边出现了一座座小山，更远处则是起伏的山脉。我们一直走，穿过高地，然后转道向西。

　　身为小商贩，我们不管到哪里都很受欢迎。不光因为我们带来了货物，更因为在一些小村子里，人们很乐意见到一些新面孔。不管喜欢不喜欢，他们都要打听些附近村庄的消息。一开始，我们带的货物有布匹、产自黑森林的工艺木雕和木头时钟——我们的人劫下了几条沿着大河行驶的驳船，卸下了船上的货物。我们一边漫游各地，一边卖这些商品，再从当地买些土特产，回头卖到更远的地方。这个地区的生意很好做，我想多半是因为这里土地肥沃，农民们都很富足，妇女和孩子很喜欢廉价新奇的小玩意儿。我们赚了一些钱，除了拿出一部分买吃的，剩下的都换成金币和银币攒了起来。在很多地方，人们会免费让我们搭车或住宿。为了回报他们的好意，我们则"偷"走了他们的孩子。

这种事总是让我无法释怀。对弗里茨来说，事情非常简单明了——这是我们的任务，我们一定要完成。不光如此，怪物"主人"计划把人类都消灭，我们这样做实际上是在拯救他们。道理我都明白，但我依然很羡慕弗里茨这种一根筋的想法，因为我就做不到。我想，我之所以很难接受，一部分原因是我比弗里茨更开朗，更容易跟别人交上朋友。而弗里茨呢，根据我对他的了解，虽然他心地善良，表面上却沉默寡言，很难接近。他比我更熟悉本地的语言，但我比他爱说话，比他爱开怀大笑。我们每到一个新的小村子，我很容易跟孩子们打成一片，所以离开时我总会发自内心地舍不得。

我在红塔城堡时就已经明白，虽然男孩或女孩戴上金属帽子后会把三脚机器人看成伟大的金属神明，但在其他所有方面，他们善良的天性和可爱的优点全都不会改变。而我现在的工作，是要哄骗他们接受我们俩，加入我们这边，一同反抗三脚机器人。我想，我干得还不错。不过，如果我能更超然地看待这件事，我就会更开心一些。和孩子们交朋友，找出他们的各种优点，同时达成我们的目的——骗取他们的信任，让他们背叛自己的家人——对我来说并不容易。我常常为我们的所作所为感到羞耻。

我们的目标都是孩子，他们再过一两年就要加冠了。我们首先会吸引他们的注意力，送他们一些小礼物，比如小刀、哨子、皮带等，都是些小玩意儿。等到他们聚拢过来，我们就同他们聊天。讲话时，我们会巧妙地问他们一些问题，让他们自发地质疑三脚机器人统治人类的权力。我们很快就学会了这些手段，并擦亮了眼睛，专门寻找那些比较叛逆，或者可能比较叛逆的孩子。

你绝对想象不到叛逆的孩子竟有那么多。当初，亨利就吓了我一大跳。我跟亨利从小一起长大，从刚会走路时起，我们只要见面肯定会打架。想不到他跟我一样，也迫切地想挣脱生活的束缚，而大人只会对我们讲加冠是三脚机器人带来的祝福。以前我什么都不知道，因为人们不被允许讨论这些话题。我们不能说出自己的疑惑，但不代表怀疑就不存在。如今，我们越来越清楚地知道，所有即将戴上金属帽子的孩子心里或多或少都有些疑惑。他们的父母把加冠礼当成一个秘密，从来都不提起，而现在，我们来了。我和弗里茨看似戴着金属帽子，实际上却没有。我们会鼓励他们把疑惑大胆地讲出来，还会认真倾听他们讲话。对他们来说，这是一种自由的释放，这种感觉令人十分陶醉和兴奋。

当然了，这么做时一定要小心。一开始，我们会隐晦地做出暗示，貌似无意地向他们提问，然后根据他们的表情、举止，观察他们的反应。我们在每个村子里都能选中一两个适合的孩子，他们思想独立，忠诚可靠。最后，在离开村子之前，我们会把他们单独叫出来谈话，劝说他们。

我们会告诉他们有关三脚机器人和整个世界的真相，还会告诉他们，在反抗外星"主人"的过程中，他们应该做些什么。我们并不急着把他们送回基地，而是让他们在各自的村庄或小镇里团结其他孩子，组成抵抗小组，做好计划，在下一次加冠礼到来之前一同逃走。（我们会让他们准备很长时间，等我们离开后他们再逃跑，这样别人就不会怀疑到我们了。）他们必须找到地方住下来，要远离戴上金属帽子的居民，还要能潜入他们的土地偷些食物，并把他们的孩子也招募进来。在那里，他们还得等待新的命令。

但我们很少给他们特别明确的指示——他们能否成功，必须依靠自己随机应变、见机行事的能力。我们可以帮他们一些小忙，比如建立通信联系。我和弗里茨随身带着信鸽，一只笼子里装一对儿。有时候，我们会留下一对儿信鸽，交给招募来的新兵。即使隔着很远的距离，这些鸽子也能飞回家，回到它们的总巢，还能捎带信息。信息可以写在一张薄薄的纸条上，再绑在鸽子的腿上。信鸽还能孵化后代，有了这些小鸽子，他们就能与其他基地接上头，最后，总部会来帮助他们。

我们还教给了他们识别自己人的暗号——比如，在马鬃上绑一条丝带；以特殊的角度戴一顶特殊的帽子；不经意的摆手方式；模仿某种鸟类的叫声……在基地附近，他们可以使用这些暗号引导我们或我们的继任者找到他们。这样，不管他们藏在什么地方，都不用怕与组织失去联系了。在这之后，我们就只能听天由命，让他们自己照顾自己了。我和弗里茨继续上路，沿着朱利叶斯为我们指定好的路线继续前进。

刚开始，我们经常能见到三脚机器人。不过，随着我们继续往前走，它们出现的次数越来越少。我们发现，这倒不是因为冬天到来让它们失去了活力，而是因为我们离机器人之城越来越远了。在一块叫作"希腊"的土地上，我们听说它们一年只出现几次。在希腊东部的几个小村子里，村民说，只有加冠礼时三脚机器人才会来。至于更偏远的角落，那里的情况就像英格兰的某些地方，父母每年要带孩子走很远的路，专程去参加加冠礼。

这个现象其实很好理解。虽然三脚机器人行走的速度很快，比奔腾的骏马还快好几倍，中途也不用休息，但它们无法承受远距离的行走。所以，离机器人之城较近的地区，它们会经常巡视，距离越远的地方，它们去的次数就越少，这是显而易见的——以机器人之城为圆心，半径每增加一英里 ①，覆盖的地区就越大，巡视起来也就越困难。对我和弗里茨来说，这段时间也算是一种解脱。因为我们几乎可以确定，周围绝不会凭空出现三条长腿，也不会有半球形的金属大脑袋突然划破天空。我还产生了一种想法：在这块辽阔的大陆的两边，还有两座机器人之城，如果离这些城市越远，三脚机器人的统治就越薄弱，那么，在几座城市之间，会不会有个中间地带，完全不受它们的控制呢？住在那里的人是不是也不戴金属帽子，都是自由人呢？

我们后来才知道，实际上，每座城市的控制地带都彼此接壤，甚至重合。完全不受控制的地区，在南方基本上都是海

① 1 英里约为 1.6 千米。——译者注

洋，在北方则是荒芜的冰天雪地。越过大海再往南，三脚机器人无法控制的地区都已被炸成焦土。

虽然三脚机器人不怎么出现，但和想象中不一样的是，我们的工作并没有变得更加轻松。也许正是因为三脚机器人很少出现，才增添了神秘感，所以有些人反而对它们更加敬虔。我们曾经穿过两片大海之间的地峡抵达一块土地，那儿附近有一片古代都市的废墟。（废墟里几乎不长植物，但看上去比我们见过的其他废墟更古老。）那里有许多木制的半球体平台，下面靠三根支柱支撑，周围还有台阶，是人们敬神的地方。平台周围有些又长又复杂的装置，能发出吟诵和恸哭的声音。每个半球体平台上都立着一个三脚机器人的小模型，虽然没有涂成金色，表面却覆盖着金属甲叶。

不过，我们没有放弃，在这儿也找到了"反叛"的孩子。我们已经越来越有经验了。

当然，我们还是吃了很多苦。尽管我们一直往南走，进入了阳光更充足、气候更温暖的地区，但有些地方还是冷得要命。尤其是某些高海拔地区，到了晚上，我们必须跟马挤在一起取暖，不然血管里的血液都要结冰了。而到了接近沙漠的地区，我们则头顶似火骄阳，一连被炙烤了好几天，我们心急如焚地到处寻找水源，不单单为自己，更为了我们带来的牲畜，我们这一路全靠它们了。结果，弗里茨的马还是生病了，又过了一两天，那匹马死了。这真是个沉重的打击。我有点儿自私地想，幸好我自己的马平安无事。我的马叫"烈鬃"，我非常喜欢它。但严峻的形势摆在面前，我和弗里茨必须共同面对。

我们现在正在一片大沙漠的边缘地带，这里环境恶劣，还要走很远才能见到人烟。我们把大部分行李放在"烈鬃"的背上，自己艰难地步行，朝最近的村庄走去。走在路上，我们经常看到许多难看的大鸟在天上懒洋洋地绕着圈子飞，只要发现有可怜的动物死掉，它们便会落下来，撕扯尸骨上的鲜肉。不到一个小时，尸体就会被吃得干干净净。

弗里茨的马是在一天早上死掉的。接下来，我们走了整整一天。第二天又走了半天，我们才找到一块绿洲，那里只有几栋石头小屋，没有多余的马匹可买，我们只好继续赶路。又过了三天，我们到了一处人烟密集的地方，虽然它美其名曰"小镇"，其实并不比我出生的小村庄沃尔顿大多少。镇子里能买到牲口，我们拿出积攒的金币，打算买一匹马。问题是，在这个地区，马匹不是用来驮东西的，而是要披上盛装给有权有势的人当坐骑的。如果我们买匹马，却把包裹扔到它的背上，就会冒犯当地人。

不过，这里有另一种牲畜，我以前从没见过，也不敢相信它们真的存在。那东西长着一身浅褐色的粗糙皮毛，站起来比马还高，背上有一个巨大的驼峰——听人说，里面可以存好多水。它们喝一次水就能挺好几天，如果需要的话，一个星期也没问题。它们的脚上不长蹄子，而是分瓣的大脚趾。它们的颈子很长，脑袋特别难看，长着松弛的嘴唇和一嘴大黄牙，喷出气来，我必须说，简直能熏死人。这种牲畜看着又丑又笨，跑起来却快得惊人，还能驮很多货物。

关于要不要买这种牲畜，我和弗里茨有了分歧。我打算买一头，但弗里茨不同意。遇到这种事情，我们俩经常互唱反调，谁都不肯让步。我觉得自己很有理，头脑一热就不管不顾，而弗里茨表面冷静，内心却倔得像块石头。他的顽固让我很生气——结果我一发火，他就变得更顽固了，而他越顽固，我的火气就越大……真是恶性循环啊。我列举出这种牲畜的种种好处，弗里茨的回答却很简单：我们就快抵达终点了，到了终点，我们就该往回走，回到来时的山洞去了。就算这种牲畜有很多优点，可它的模样太古怪了，在其他地方可不常见，若我们骑着它，那就太招摇了，而我们绝不能太引人注目。弗里茨还指出，它们看起来已经适应了这里的独特气候，到了北方，它们可能会生病，甚至死掉。

没错，他是对的，但我们还是争论了两天。最后，我收回了自己的意见。我必须承认，正是因为它的稀奇古怪，我才会动心想买一头。我想象着自己骑在这种牲畜的背上（可怜的"烈鬃"已经被我忘到脑后了），摇摇晃晃地穿过陌生的城镇大街，人们围着我，发出惊叹的声音……

于是，我们用同样的价钱买了两头驴子——它们身材较小，但能吃苦耐劳，让我们非常满意——把货物都架到了它们背上。我们还有足够的钱可以在本地买些商品：椰枣、各种香料、丝绸，还有精美的织毯。这些东西以后都能卖个好价钱。

只是，我们没能在这里招募到新人。买进卖出、以物易物，我们可以只凭手势搞定，但要谈到争取自由，谈到如何打败奴役我们的三脚机器人，就只能靠说话了。可我们完全不懂本地的语言，只好就此作罢。况且，这里的人对三脚机器人的崇拜之情比别的地方更加虔诚，到处都是半球形的平台，平台上摆着机器人的模型。忠诚的神职人员每天都向三脚机器人祈祷，清晨、正午和黄昏，一日三次。我们有时也跟其他人一起"低头祷告"，嘴里念念有词。

后来，我们找到了地图上的大河。大河十分宽阔，河水温暖，在绿色的山谷间缓缓流动，蜿蜒曲折。于是我们改变方向，踏上了回家的路。

返回的路与来时不同。我们穿过一系列山脉，朝大海的东岸走去。我们来时穿过地峡、经过古代都市废墟时曾经见过这片大海。我们沿着海岸走，先往北，再往西，计算着时间，一路上又招募了不少新人。这里的人说俄语。我们接受任务时，有人告诉过我们当地的情况，所以我们也学了些俄语。我们继续往北走，夏天很快就来了，大地上开满了鲜花。我还记得，我们曾经骑着马在一片枝叶繁茂的橘子园中穿行，枝头的橘子已经成熟，一整天我们都能闻到沁人心脾的芳香。按照来时定下的日程，我们要在冬天之前返回山洞，所以我们必须加快脚步了。

再往回走，就离怪物"主人"的城市越来越近了。我们时不时又能看到三脚机器人了。它们迈着大步出现在地平线上，但没有一个靠近过我们。为此，我们心里暗自高兴，直到"狩猎日"那一天。

据我们所知，在不同的地区，怪物"主人"对待加冠者的态度也不尽相同。不知道人类之间的诸多差异是不是让他们觉得好笑——当然，人类的有些方面确实让他们感到非常奇怪，比如所有人类虽同属一个人种，却又分成不同的国家，说着不同的语言，彼此之间还发动战争（在怪物"主人"入侵之前，这就是人类自身的诅咒）……不管怎么说，尽管他们禁止人类之间发动战争，却鼓励人类发展其他形式的多样性及差异性，他们多多少少也会融入其中。所以，在举行加冠礼时，他们和人类奴隶一样，也要遵守仪式的步骤，他们会在特定的时间出现，接受无聊乏味的欢呼，走完规定的程序。在法国的比武大会和德国的运动大会上，他们从一开始就到场，并耐心地等到最后。实际上，他们唯一感兴趣的，只有仪式结束后带走选出来的奴隶那部分。要我说，或许他们也觉得这一切很可笑，或许这让他们觉得自己真的像个神明。总之，当我和弗里茨还有几百英里就能回到基地时，我们遇到了一些事，见识了什么叫惊奇和恐怖。

当时，我们已经沿着一条大河走了好几天。我们当初去北方参加运动大会时，曾在一条大河上坐过渡船，河上船来船往，交通繁忙。这两条河倒有几分相像。途中我们遇到了一座古代都市的废墟，为了绕开它，我们走上了一块高地。这块土地适合耕作，那里有很大一片葡萄园，藤上长着一串串葡萄，一派丰收气象。这里人口众多，我们在一个镇子里过了夜。在这个小镇，人们可以俯瞰山下的废墟、大河，还有远方广阔的平原。秋意渐浓，平原一路延伸开去，与天边的夕阳相接。

那天我们发现，小镇里人潮涌动，挤满了观光客，而且大家个个兴奋异常，有人甚至是从五十英里外的地方专程赶来的。显然，这里第二天会有特别的事发生。我们扮成刚刚来到此地的小商贩，问镇民这是怎么回事。有人回答得很详细，我们听完不由觉得毛骨悚然。

原来明天是个特殊的日子，它有许多名字，有人叫它"狩猎日"，还有人称之为"处决日"。

在我的家乡英格兰，谋杀犯是要被绞死的。绞刑很残忍，令人厌恶，但我们觉得很有必要，因为这是保护无辜民众的手段。绞刑能让犯人很快送命，还算比较人道。而在这里，犯人会被关进监狱，直到秋季的某一天成熟的葡萄酿出第一批新酒时，他们才会被一个接一个放出来。同时，一个三脚机器人会来到镇上猎杀这些犯人。镇民会一边观看，一边饮酒作乐，大声欢呼助威。明天，将有四个人会被猎杀，这是几年来人数最多的一次，所以人们才会如此兴奋。虽然新酒明天才能酿出来，但陈年的老酒也足够了，镇民们放开喉咙豪饮一气，以舒缓狂热的心情，等着看一场好戏。

看到他们的醉态，我十分生气，转过身对弗里茨说："至少明天天一亮，我们就可以离开了。我可不想待在这里，看他们杀人取乐。"

弗里茨平静地看着我："可我们必须留下，威尔。"

"一个人犯了罪，就可以交给三脚机器人屠杀吗？他是人，不是兔子！他的同胞竟然还会彼此下注，赌他能挺多长时间？！"我气坏了，完全爆发了，"我可不觉得这有什么好看的！"

"我同意。但任何与三脚机器人有关的事都很重要。我们现在的任务，和在机器人之城里的差不多。我们不能放过任何事。"

"那你一个人看吧。我明天就走，到下一个村子等你。"

"那怎么行？"虽然他是用商量的口吻对我说的，但语气十分坚决，"朱利叶斯指示我们一起行动。再说，从这里到下一个村子的路上，麦克斯很可能一脚踩进沟里把我甩出去，我有可能会摔断脖子。"

麦克斯和莫里茨是他给两头驴子起的名字。在德国，在小孩子自幼听过的故事里，有两个人物就叫麦克斯和莫里茨。听弗里茨这么说，我和他都笑了，因为麦克斯走路一向很稳当，怎么可能踩进沟里？我知道弗里茨说得很有道理——观察一切有用的事是我们的工作，不能因为不愉快就随随便便地逃避。

"好吧。"我说，"不过，事情结束后我们马上就走。我不想在这个镇子里久留。"

当时，我们两个正坐在一间酒馆里，弗里茨环视四周，众人醉醺醺地唱着歌，用酒杯砰砰地敲打木头桌面，酒水四处飞溅。他点点头："其实，我也不想。"

当天夜里，三脚机器人来了。第二天清晨，它站在小镇下方的一块田地里，就像一个庞大的守卫，一声不吭，一动不动，和当初站在红塔城堡和运动场外的三脚机器人一模一样。今天是个"喜庆"的日子，彩旗挂满屋檐，随风飘展，覆盖大街小巷。街上的商贩们起得特别早，沿街叫卖热香肠、糖果、甜食、夹着生肉和洋葱的三明治，还有缎带和各种小装饰品。我看到一个男人端着托盘，上面摆着十多个用木头雕刻的三脚机器人，每个机器人都用触手举着一个表情痛苦的小人。这个商人脸膛发红，满脸喜色。我又看到一个人，他面相很和善，看着像个富裕的农民，扎着绑腿，留着浓密的白胡子。他买了两个机器人小雕像，分别递给孙子和孙女。他们只有六七岁的样子，男孩有一头亚麻色的头发，女孩梳着一条辫子。

为了占据制高点观看三脚机器人猎杀犯人，人们拼尽了全力。我可不热衷这种事，不过，弗里茨已经订好了位置。许多镇民家里的窗户对着镇外，可以看到山下的狩猎场，于是他们把窗口对外出租，弗里茨为我们俩租了一个窗口。租金很贵，但他们还提供免费的葡萄酒和三明治，甚至还有望远镜。

进城时，我曾见到一家商店的橱窗里全是望远镜，还以为这座小镇是生产望远镜的中心。当时我只是觉得奇怪，并没把它跟"狩猎日"联系到一起。现在，我明白了。我们俩向外看去，满眼都是拥挤的人头，阳光照在无数镜片上，映出阵阵刺眼的反光。不远处，一条陡峭的小路直通山下，一个男人在路边支起一台大型望远镜——至少有六英尺①长。那人大声喊道："真正的特写镜头，让您身临其境！五十个格罗申看十秒钟！十个先令看整场！②清楚得就像看街对面！"

在等待过程中，人们变得越来越躁动。好多人聚在一张台子前下注——赌整场猎杀会持续多久、犯人能逃多远，等等。一开始，我觉得很荒唐，因为我不相信犯人能逃出三脚机器人的手掌心。房间里的一名看客解释说，犯人不是徒步逃跑的，他们会骑马。当然了，三脚机器人虽轻易就能追上马匹，但骑马也有一定的优势，比如可以利用地形躲避，有人曾躲了一刻钟。

我问他：有没有人彻底逃脱呢？那人摇摇头。理论上，犯人可以彻底逃脱——"狩猎"有一个规矩，只要犯人越过山下那条河，三脚机器人就不能再追他了。但自从设立"狩猎日"起，还没有一个人逃出过三脚机器人的魔掌。

突然间，人群安静下来。我看到一匹马被牵进场地，马背上架着马鞍。在狩猎场上方，三脚机器人森然耸立。有几个人，身穿灰色制服，把一个穿着白衣的犯人带进了狩猎场。透过望远镜，我发现犯人个子很高，骨瘦如柴，三十岁左右，一

---

① 1 英尺约为 0.3 米。——译者注
② 格罗申和先令曾是奥地利的货币单位。1 先令等于 100 格罗申。——译者注

副失魂落魄、困惑不安的样子。他被推着上了马背，坐在马鞍上，两侧各站了一个穿制服的人，紧紧抓着马镫。围观的人群更加安静了。这时，教堂的钟声响起，已经九点了。第九下钟声响过，穿制服的人退后一步，用力拍了下马的两肋。那匹马猛地向前一跃，人群中欢声雷动。

犯人催马跑上斜坡，朝山下远处那条银光闪闪的大河逃去。他跑出大概四分之一英里后，三脚机器人才开始行动。它抬起一条巨大的金属长腿，同时抬高身体掠过天空，接着是另一条腿。看起来，它一点儿都不着急。我想到马背上的犯人，知道他一定非常害怕，就连我的心都提到了嗓子眼。我看了看周围人的脸。弗里茨面无表情，一如既往，专心地看着外面。而其他人……他们让我想吐。和外面正在发生的事情相比，这些人更让我感到恶心。

狩猎的时间很短。犯人刚刚纵马跑上葡萄园那光秃秃的斜坡，三脚机器人便追上了他。一只触手从天而降，把他从马背上卷起，动作干净利落、准确无误，就像一个女孩在穿针引线。围观的看客发出一阵欢呼。犯人像个洋娃娃似的不停地挣扎，接着，另一只触手也伸了过去……

我的胃里翻江倒海。我赶忙站起身跑出房间。

等我回来时，房间里的气氛已经大不一样，人们狂热的情绪平静了下来，正在轻松地谈笑。他们一边喝着葡萄酒，一边谈论着今年的"狩猎"情况。他们说，刚才的犯人是个可怜的倒霉鬼。他原本是个高级仆人，专门服侍附近城堡里的一位伯爵，但伯爵怀疑他偷了自己的钱，一怒之下把他送进了狩猎场。我回到房间时惹来一阵讥讽和嘲笑，他们说我是个胆小鬼，是没见过世面的外乡人，还劝我多喝点儿酒壮壮胆。外面的人也放松了下来，他们似乎很满足。打赌的人正在结算赌注，卖热糕点和糖果的摊子前生意兴隆。我发现，三脚机器人已经返回场地，站在它之前的位置。

随着时间一分一秒过去，人们逐渐变得紧张。到了十点整，"庆典"再一次开始，周围的人再次兴奋起来，人群中响起同样的欢呼声。猎杀开始了。第二个犯人做出了更好的榜样。他的骑术更佳，速度更快，一度催马躲在树下奔跑，避开了三脚机器人的触手。当他跑进开阔地时，我忍不住想大声提醒他不要跑出树林。当然，这是没用的，想必犯人自己心里也明白——三脚机器人完全可以把他周围的树全拔光。他朝大河跑去，我发现他前面半英里处还有一片小树林。可没等他跑到那里，三脚机器人的一只触手便挥了下来。犯人掉转马头换了个方向，刚好躲开，金属触手扑了个空，抽打在他身旁的地面上。他赢得了一次机会，我想，他或许能跑到河边，大河已经离他不远了。可是，三脚机器人的第二只触手正中目标。犯人在马鞍上被凌空提起，和第一个犯人一样，他的身体立刻被撕成了两半。人们突然安静下来，犯人发出一声痛苦的惨叫，温暖的秋日空气将那声音轻轻送到我们耳边。

这人死后，我再也没有返回那个房间。就算是为了执行任务，我也实在受不了了。弗里茨坚持到了最后，等我再见到他时，他的脸色非常糟糕，人也比平时更加沉默。

几个星期后，我们回到了基地。山洞幽深阴暗，却有一种特别的吸引力。我们俩在外面游荡了将近一年，感觉在风雨飘摇的世界里，这里真像一个安全的港湾。层层岩壁拥抱着我们，温暖的油灯眨着眼睛。更重要的是，在外面，我们一直与戴着金属帽子的人打交道，如今终于可以解脱了。在山洞里，与我们交谈的，都是和我们一样的自由人。

我们俩休息了三天，除了每个人都要参与的常规事务，我们俩什么都不用做。随后，本地的指挥官——一个德国人，名叫奥托——给我们下达了新命令。我们要在两天之内赶到地图上标出的某个地方，至于去了之后干什么，连奥托本人都不清楚。

第三章

绿人，绿马

CHAPTER 3

我和弗里茨在马背上晃荡了整整两天，大部分时间都很辛苦。冬天来得很快，日照时间已大大缩短，来自西方的寒冷气流赶走了温暖的夏天。出发后的第一天上午，我们顶着雨夹雪赶路，雨滴打在脸上冰冷刺骨。那天晚上，我们在一家小旅店住了一夜。第二天，天快黑时，我们周围依旧是荒芜的旷野。稀疏的牧草已被羊群啃过，四下却没有牧羊人的影子，连一间小屋都看不到。

但我们知道，我们快到目的地了。在一段斜坡的顶端，我们勒紧缰绳让马匹止步，俯瞰山下的大海。长长的海岸线向远方延伸出去，阵阵海浪拍打着岩石海岸。大海茫茫，大地也是一片昏暗。除了……北方远处，一眼望去刚好能看到有个东西立在那里，就像一根指向天空的粗短手指。我对弗里茨说了我的想法，他点点头，我们催马朝那边赶去。

走近些，我们发现那是一座城堡的废墟，立在怪石嶙峋的海岬上。再近些，我们发现海岬对面有个小港口，那边还有不少废墟，只是规模都比较小，应该是打鱼人的小屋。那边可能曾经是个小渔村，现在已经废弃了。不管是城堡还是渔村，我们都看不到任何生命的迹象。天色变得更加阴沉，城堡显得阴森森、黑乎乎的。我们沿着一条破败不堪、坑坑洼洼的小路来到城堡的大门前。木头大门已经破损，只剩下半边残迹和铁门闩。穿过大门，我们便进入了城堡的庭院。

院子里和别处一样，空空如也，毫无生命气息。我们下了马，把缰绳绑到一个铁环上——或许一千年前，它就是用来拴马的。天这时已经全黑了，就算地图上标的终点不是这里，我们也只能等到天亮再上路，但我相信我们没有弄错。城堡的墙上有些孔洞，我发现其中一个孔里有昏暗的火光。我拍了下弗里茨的胳膊，伸手指了指那里。火光消失了。不一会儿，在远处的墙孔里，它又出现了。我看到不远处有一扇门，火光正朝那个方向移动。我们也朝那门走去。到了门口，只见一个人影手里提着一盏油灯，正好绕过门内走廊的拐角。那人把油灯举高，让灯光照在我们脸上。

"你们来得有点儿晚了。"他说，"我们还以为你们今晚到不了呢。"

我大笑着走上前去。我看不到那人的脸，但听出了他的声音，是竹竿儿！

城堡里有些房间（多半面朝大海）和地牢已被刷洗一新，可以住人。我们享用了一顿热腾腾的晚餐，先是分量很足的炖菜汤，然后是他们自己烤的面包，还有法式奶酪——奶酪圆圆的像个小轮子，里面是奶黄色的，外面裹着一层白色的粉末，奶油味很重，好吃得不得了。吃完晚饭，我们洗了个热水澡，这时他们已在一间多出来的房间里搭好了两张床，上面铺着被褥。我们那晚睡得很香。海潮汹涌，海浪拍打在岩石上发出轰鸣声，仿佛一首催眠曲。第二天醒来，我们十分精神。竹竿儿陪我们一起吃了早餐，同桌的还有另外几个人。我认得其中的两三个，知道他们都是科学家小组的成员，正在研究古代人的神奇科技。我们正吃着饭，又有几个熟悉的人走了进来。朱利叶斯一瘸一拐地穿过房间，微笑着朝我们走来。

"弗里茨，威尔，欢迎你们。再次见到你们可真高兴。"

我们问过竹竿儿，为什么叫我们来这里。可他当时支支吾吾地不愿意明说，只是回答，明天早上自然有人会解释。吃过早餐，我、弗里茨、竹竿儿和朱利叶斯，还有另外五六个人，一起走上二楼，进入一个大房间。墙上的一扇大窗户敞开着，外面就是大海。木头窗棂牢牢地固定在墙上，上面镶着玻璃。另一面墙上有个巨大的壁炉，炉火熊熊，烧得木柴噼啪作响。房间里有张长长的桌子，做工粗糙，周围有几条长凳。朱利叶斯叫我们随便坐，不用在意长幼次序。

"我必须先满足威尔和弗里茨的好奇心。"朱利叶斯说，"其他人只好先忍耐一会儿，听我讲完。"他看看我们大家，"我们有一些秘密基地，专门研究如何打败那些怪物'主人'。这里就是其中一个。大家提出了许多意见，大多数很有见地。不过，在考虑任何建议之前，我们必须解决一个最主要的问题，那就是，我们对敌人的了解还不够多，尽管有了你们两个的报告。"

他停了一会儿，继续说道："去年夏天，我们又派出一个三人小组去北方参加运动大会，只有一个人合格，潜入了机器人之城。我们还没有得到他的任何消息。他可能已经逃出来了——我们希望如此——但我们不能只依赖他一个人。不管怎么说，他很可能无法带回有用的情报。我们已经商量过，我们真正需要的，是抓住一个怪物'主人'，最好是活的，这样我们就可以研究他了。"

我的怀疑可能全写在脸上了。他们经常对我说，我的表情藏不住心思。果然，朱利叶斯说："没错，威尔，这是个不可能的任务。不过，凡事皆有可能嘛，所以我们才会叫你们来帮忙。你们被带进机器人之城的时候，已经见过了三脚机器人的内部结构。当然，你们也一五一十地描述给我们听了。不过，三脚机器人在大地上横冲直撞，如果我们想活捉一个'主人'，就必须把他从那钢铁怪物里揪出来。所以，在你们的记忆里，哪怕是最微小的细节，也能对我们有所帮助。"弗里茨问："可你说的是'活捉'啊，先生。这怎么可能呢？一旦他们出了三脚机器人，在我们的空气里，不出几秒钟，他们就会死掉啊。"

"说到点子上了。"朱利叶斯说，"可我们已经找到了解决方案。你们从机器人之城里带回了空气样本，所以我们已经知道如何制造这种空气了。现在，这座城堡里有一个房间就充满了这种气体，房间完全密封，还有一个气密室，可供我们出入。"

弗里茨说："可是，如果你要把一个三脚机器人引到这儿，然后摧毁它……其他怪物'主人'会找来的。他们能轻而易举地毁掉这座城堡。"

"我们还造了一个大箱子，也是密封的，足够装他们了。只要我们在远离海岸线的地方抓到一个'主人'，就可以用船把他运回来。"

我问："那该怎么抓呢，先生？肯定不容易啊。"

"是啊。"朱利叶斯表示同意，"很不容易。但我们已经研究过他们了。他们是循规蹈矩的生物，经常走同一条路线。我们已经弄清了好几个三脚机器人的行动路线和时间。北边有个地方，距这里五十英里，有个三脚机器人每九天会经过那里一次。它会趾高气扬地沿着海岸线巡逻，走过高低不平的路面。机器人第一次从那里经过以后，在第二次到来之前，我们有九天时间挖个陷阱，然后在上面轻轻地盖好树枝和泥土。我们先把三脚机器人放倒，之后就可以把怪物'主人'揪出来装进箱子里，然后用停在附近的船只运回城堡。根据你们的报告，怪物'主人'的呼吸频率比我们的慢，所以，在我们给他戴上呼吸面罩之前，他应该不会有窒息的危险。"

弗里茨反对说："可他们会用某种无线电波彼此联络，也能跟机器人之城联系。"

朱利叶斯笑了："交给我们搞定吧。现在，给我们讲讲三脚机器人的构造吧。你们面前有纸和笔，你们可以画出它们的图形。通过画图，你们可以回忆起更多细节。"

去北边行动之前，我们在城堡里住了一个星期。在这期间，我从竹竿儿和其他人那里得知，过去的一年里，他们一直在研究古代人的科技，并已取得了极大的进展。他们之所以能取得突破，是因为在一次考察行动中，他们进入了一座古代都市废墟，找到了一座图书馆，里面有成千上万本图书，它们记录了三脚机器人到来之前地球上都有哪些奇妙的发明创造。这些书成了他们航向知识海洋的大船。竹竿儿告诉我，现在他们可以控制那种叫作"电"的能源，能让灯泡亮起来。我们已经习惯了油灯和蜡烛，而电灯的亮度和发光的时间，是前两者根本无法相比的。他们能让一种线圈发热，还能让车厢在铁轨上跑起来——无须借助马匹，只要发动火车里的小小引擎就行了。当他对我讲这些的时候，我看着他问："那么，'施曼德－菲尔'① 也可以重新开动了，就像从前一样？"

"那当然，很容易的。我们还学会了如何制造钢铁、如何制造人工石头——古代人管它们叫'混凝土'。我们可以搭建高楼大厦，重新建起伟大的城市。怪物'主人'可以用无线电波发送消息，我们也行，我们甚至可以通过大气发送图像！我们能做到好多事情，或者说，短时间内就能学会。不过，我们目前只能集中精力完成几样，都是可以直接帮助我们打败敌人的。比如，我们已经在一间实验室里造出了一台机器，它可以利用热量切断钢铁。等我们去北边行动时，你就能见识到了。"

---

① "施曼德－菲尔"是法语"chemin de fer"的谐音，意思是"铁路"，在本文中代指马拉火车。具体可参看本系列第一部《地球人觉醒》。——译者注

"实验室"？那是什么？他说了好多新鲜事物，让我的脑子有点儿乱。在分开的这段时间里，我们都学到了好多新东西，但竹竿儿的知识比我知道的多多了，也更吸引人。他看上去更加成熟了。我第一次见到他时，是在法国海边一个镇子的酒馆里，当时，我隔着酒馆里的烟雾看到他站在楼上，脸上挂着两个可笑的镜片。如今，他的眼镜也换了，变得更简洁、更对称了，架在他那又瘦又高的鼻梁上，让他多了几分老练与权威的气质。他说那东西叫近视眼镜，好多科学家都戴它们。"近视眼镜""科学家"……这么多新名词，完全超出了我的知识范围。

我想，竹竿儿一定看出来我很失落，于是他岔开话题，问我都有哪些经历。我告诉他我都做了什么，他听得很仔细，好像我的旅程也很有意思，也很重要，跟他学到、做到的事情同样不可思议。他这么做，让我心里热乎乎的。

我们设好了埋伏，并在不远处的山洞里安营扎寨。我们带来一艘四十英尺长的小渔船，就停在附近的海面上。我们假装成普通的渔民，不时撒下网打一会儿鱼。（实际上，我们的收获还真不小，打上来很多鲭鱼。我们吃了一些，剩下的放回了海里。）到了计算好的那天早上，我们派出去两个人到远处放哨。他们躲在石头后面，观察三脚机器人是否经过。其他人则藏在山洞里听外面的动静。终于，哨兵传来了信号，那是一种奇怪的声音，像是颤颤巍巍的鸟叫，只是我不知道那是什么意思。声音停下之后，朱利叶斯说："果然准时，一分不差。现在，开始行动。"

为了设置陷阱，我们费了很大功夫。九天的时间不算长。在这期间，我们不但要挖一个大深坑，深到足够装下三脚机器人那五十英尺长的长腿，还得巧妙地将其伪装起来，不能被敌人发现破绽。挖坑的时候，竹竿儿中途停下来，满怀渴望地说有一种机器叫"挖土机"，一次可以挖走成吨的泥土和碎石。但是，造出这么一台机器要花很长时间，我们可等不及。

不管怎么说，我们还是提前完工了，还多出一天休息和等待的时间。可这一天似乎比前八天加起来还要漫长。我们坐在洞口，看着眼前阴沉平静的海水，海面升起一层薄雾。只要我们把三脚机器人骗进陷阱，抓住一个怪物"主人"，就可以用船把它运走了。至少，走水路没什么困难。

到了第九天，也就是今天早上，海边的空气又干又冷。我们已经各就各位——这次是全员出动——提前一小时藏在三脚机器人的必经之路上。弗里茨和我一组。竹竿儿跟另一个男人一组，他们负责操纵"干扰仪"。那台机器可以发射无线电波，干扰三脚机器人接收和传送信号，暂时切断它与其他同类的联系。我怀疑这东西会不会管用，竹竿儿却很有信心。他说，有些自然现象，比如说雷暴，也能阻断无线电波的传输；或者机器人自身出故障，也能造成同样的效果。所以怪物"主人"不会起疑心，等他们知道出事时已经晚了。

时间一分一秒过去，我开始还能集中注意力，后来却有点儿走神。突然，弗里茨轻轻地拍了下我的肩膀，我一下子回到了现实中。我一看，只见三脚机器人已经绕过南边的山岗，正大摇大摆地径直朝我们走来。我的身体和精神都绷紧了，准备完成我的任务。如果三脚机器人按平时的速度前进，不到五分钟就会踏进陷阱……可是，没有任何预兆，它竟然停了下来。机器人抬着一条腿，长腿悬在半空中，看起来很滑稽，就像一条狗在乞求一根骨头。它就这么僵硬地站了三四秒。然后，它把腿放下了。三脚机器人继续赶路，却不再朝我们这边走来。它换了一条路，绕开了我们藏身的地方，那条路离陷阱至少有好几英里远。

我惊讶得目瞪口呆，看着三脚机器人越走越远，直至消失不见。陷阱对面的树丛后面走出来一个人，是这次行动的领队安德烈，他冲我们招招手。我们走过去，跟其他人会合。

不一会儿，我们就知道问题出在哪儿了。就在电波"干扰仪"启动的一刹那，三脚机器人立刻就停住不动了，然后它绕开了我们。操作"干扰仪"的人说："我应该等它走到陷阱上方再启动的。没想到它这么警觉。"

另外有人问："那我们现在怎么办？"

所有人都显得很失望。我们忙了好几天，等了这么久，结果全白费了。这让我们推翻怪物"主人"的计划看起来毫无希望，简直就像小孩子在玩游戏。

朱利叶斯一瘸一拐地走过来。"当然是接着等。"他还是这么冷静，"等到它下一次出现。到那时，不到最后一刻，不要使用'干扰仪'。与此同时，我们还能把陷阱挖深点儿。"

于是我们继续挖陷阱，继续等待。又过去了九天，到了再次行动的时间。三脚机器人来了。像上次一样，它绕过山岗，一直走到上次停下的地点。这一次，它没有停下脚步，但也没朝我们这边走来。它没有一丝犹豫，直接沿着上次开辟的新路走了过去。我们眼睁睁地看着它绕过包围圈，内心备受打击。

在战术会议上，我们的士气很低落。至于我，更是没法不露出绝望的表情。就连朱利叶斯也有些灰心，但他努力不表现出来。

朱利叶斯说："大家都看到了，三脚机器人巡逻时会按既定的路线走。如果出于别的原因改变了行程，它们之后就会顺着新的路线前进。"

一个科学家说："它应该使用了自动驾驶系统。"我心想：那是什么东西？"路线早就定好了，如果你觉得有问题，可以重新设定一条，这样新路线就会被保存下来，直到你下一次重新设置。我想它一定用了这个。"

我一点儿也听不懂。像"为什么""怎么办"这类的话题，对我来说一点儿也不重要。我关心的是，现在该怎么抓住三脚机器人。

有人建议在机器人的新路线上再挖一个陷阱。没有人回话，现场一片沉默，直到朱利叶斯开口："倒也可以。只是新路线离海岸太远了，超过了一英里，中间的地势太险峻，既没有大路，也没有小径。就算我们在那里抓到俘虏，不等把他运到船上，敌人就会蜂拥而至。"

又是一阵沉默，这次的时间更长。过了一会儿，安德烈说："我建议，咱们暂时放弃这里。等找到另一条靠近海边的路，再重新设埋伏。"

有人回答："我们花了四个月才发现这条路。要是再找一条，恐怕还得花四个月，甚至更长时间。"

而对于我们来说每一天都很宝贵——所有人都明白这一点。大家都不说话了。我也打算动动脑筋，可什么主意都想不出来。一阵冷风刮来，空气中有股要下雪的味道。阴沉的天空之下，大地和海面全都黑沉沉的，呈现出一片荒芜寂寥之景。最后，竹竿儿说话了。在这些长辈面前，他显得有些胆怯："我觉得，上周的电波干扰并没有让三脚机器人起疑心。不然，它要么不会接近这里，要么会走得更近些做调查。它改变路线……呃，可能只是个意外。"

安德烈点点头："似乎有道理。然后呢？"

"如果我们能把它引回到老路上……"

"说得好。问题是——怎么引？有什么东西会吸引三脚机器人？你知道吗？其他人呢？"

竹竿儿回答："我想起了威尔告诉我的一件事。他和弗里茨都亲眼见过。"

我曾对他讲过"狩猎日"的事，这会儿他简要地对大家说了一遍。他刚讲完，一个科学家说："我们都知道这事，别的地方也发生过。这是个传统，很多年前就开始了。怎么，在接下来的九天里，你打算恢复这个传统项目？"

竹竿儿正要接着往下说，可刚一开口就又被打断了。所有人都有些神经过敏，火气都相当大。还是朱利叶斯站出来叫大家别打岔："让－保罗，继续讲。"

"我想……它们一定对陌生事物很好奇。当初我和威尔在木筏上随水漂流，一个三脚机器人看到我们，立刻离开行进的路线，一把打翻了木筏。如果我们想办法吸引它的注意力，或许就能把它引到陷阱里……这个办法应该能行。"

安德烈表示反对："吸引它的注意力，还不能被它抓到，从那么远的地方一路引到这里……这太困难了。"

"用脚跑肯定是不行的。"竹竿儿说，"但在'狩猎日'的时候，犯人可以骑马。其中一个在被抓到以前，跑了好长一段距离。"

大家全都默不作声。朱利叶斯思考了一会儿，说："是啊，这主意还不错。可三脚机器人一定会上钩吗？骑马的人可算不上陌生事物。它们一天能见好多个呢。"

"如果那个人打扮得怪模怪样——再把马也涂成……"

"绿色！"弗里茨说，"毕竟，绿色是怪物'主人'特有的颜色。一个绿色的人，骑着一匹绿色的马，足够引人注目了。"

"很好。"朱利叶斯点点头，"没错，这个花招一定行。现在我们只需要一匹马，还有一个好骑手。"

我不由得一阵兴奋，心中跃跃欲试。在场的人大多是科学家，他们并不擅长骑马。实际上，最合适的两个人明显是我和弗里茨。而我还有"烈鬃"，去年整整一年，我们合作得相当愉快。

朱利叶斯看向我，我迎上他的目光。

"先生，我有个提议……"

我们往"烈鬃"身上涂了一种绿色的染料，日后可以清洗干净的那种。它感觉很伤自尊，但也只是厌恶地哼了两下鼻子。那是一种鲜艳的翡翠绿，很能吸引眼球。我身上的夹克衫和裤子也涂上了同样扎眼的颜色。当竹竿儿拿着一块破布、蘸好染料想往我脸上抹时，我坚决不同意，但后来朱利叶斯下了命令，我只好屈从。弗里茨一见我，立刻大笑起来。他平时很少开怀大笑，看来我的样子一定滑稽透顶了。

在之前的九天里，我按照计划再三演练，只为今早放手一搏。只要三脚机器人从山那边绕过来，我就要吸引它的注意力，一旦它往我这边走，我就快马加鞭，全速冲向陷阱处。我们在陷阱顶上搭了一段防护通道，但愿它能承受住我和"烈鬃"的重量。通道周围设好了标记，我一眼就能看到，三脚机器人里的怪物"主人"却不会在意。只是这段通道很窄，也不太显眼，练习时，我有好几次都看错了，如果不是最后一秒突然转向，我肯定就栽进陷阱里了。

如今，一切终于准备就绪。光是"烈鬃"的肚带，我就检查了十次。大伙依次同我握手，然后藏了起来。我看着他们一个个走开，感到非常孤独。接下来又是等待，这种感觉既熟悉又陌生。这一次更加关键；这一次，只有我一个人。

我感觉到了——伴随着三脚机器人钢铁巨足的移动，身下的大地开始震动，一下，又一下——脚步沉稳，连续而有力。最后，我用耳朵也能听见了。我一边观察三脚机器人，一边轻拍"烈鬃"的头。终于，它现身了，一条巨型长腿撕开群山的轮廓，紧接着是一个半球形的大脑袋。我浑身发抖，感觉"烈鬃"也在颤抖。三脚机器人面前有两条路，我时刻注意着它会走向哪一边。如果它不往我这边走，我就只能迎上去了。希望事情不要变成这样。

突然，一条长腿晃晃悠悠地换了个方向。它看到我了！它朝我过来了！我用脚后跟一磕"烈鬃"的两肋，马儿撒腿就跑，三脚机器人随后猛追。

我特别想回头看，但我不敢。所有力气和精力都要用于向前飞奔。不过，根据身后越来越近的脚步声，我知道三脚机器人正在加速。我左右两边那些熟悉的标志性物体正在飞速地后退。前面就是海岸线，海水呈灰黑色，强劲的风在海面上卷起雪白的浪花。我明白，马跑得越快，风就会越大。风打在脸上让我有些恨它，因为风会减慢我的速度，哪怕一秒钟也很致命。我经过一丛熟悉的荆棘灌木，又经过一块很像面包的石头。还剩不到四分之一英里……我刚想到这里，忽听一阵锐利的呼哨声划破空气，这是金属触手挥动时发出的声音，它挥下来了！

我急中生智，催促"烈鬃"往右转。我以为自己这次能躲开，却突然感觉"烈鬃"剧烈地抖了一下，钢鞭似的触手打中了它。被打中的一定是后臀部位，就在马鞍后面，不然挨打的就是我了。紧接着马儿身子一晃，扑通一声摔倒在地。我急忙把腿从马镫中抽出，顺势从马脑袋上方翻了出去。我扑到地上打了个滚，手忙脚乱地爬起来，接着往前跑。

每时每刻，我都担心自己会被拎到空中。可三脚机器人暂时只对"烈鬃"感兴趣。我回头看了一眼，发现马儿已被举起，在半空中无力地挣扎着。半球体大脑袋下方咧开一张绿色的"大嘴"，"烈鬃"离它越来越近了。我加快脚步。只剩几百码远了……如果三脚机器人只顾摆布"烈鬃"，哪怕只耽搁半分钟，我就能跑到那儿了。

我又冒着风险回头看了一眼，正好看到可怜的马儿从六十英尺的高空坠落，砸在地上，摔成一摊碎肉。我还看到，三脚机器人又朝我追来。我没法跑得更快了。钢铁巨足在我身后轰轰作响，而我与陷阱边缘的距离始终不见缩短。还有最后五十码，我想，我完蛋了。可是三脚机器人一直没有接近，它是在耍弄我吧？就像一只金属大猫玩弄惊慌失措、吱吱乱跑的小耗子。（竹竿儿后来也是这么说的。）我只知道，我的大腿开始抽痛，我的肺简直快要炸开了。我跑到陷阱边上了，可是这时，我又发现了新的危险。在马背上，我能认出防护通道是什么样子的，可在地上，视角一变，我完全糊涂了。直到最后一刻，我才认出一块作为标记的石头，赶忙朝它跑去。我奔上防护通道了，但我还得跑过陷阱，三脚机器人依然跟在我身后，穷追不舍。

这时，我知道自己成功了，因为身后沉闷的脚步声突然消失了，取而代之的是一声撕裂般的巨响，与此同时，我脚下的地面轰然垮塌。我一把揪住一根树枝，它和其他树枝一起被编成了一张网，覆盖在陷阱经过伪装的表面。树枝断了，我开始往下落。我又抓住一根枝条，这次是根荆棘，很结实，但它的刺扎破了我的手。我的身子悬在陷阱里，头顶的天空似乎变黑了。陷阱的表面被三脚机器人的前腿压塌，它的另一条长腿翘在半空中。由于失去平衡，机器人朝前方跌倒，大脑袋无助地上下颠簸。我抬头一看，只见它从我上面栽了过去。片刻之后，只听轰的一声，机器人撞在了较远处的坚硬地面上。我悬挂在陷阱的中部，很有可能会滑到坑底。但我知道，没有人会来帮我——他们还有更重要的任务。我集中精力，放慢动作，小心翼翼地沿着芦苇和枝条编织成的大网用力往上爬。

等我爬到地面上时，大家正有条不紊地忙碌着。在倒地造成的震动中，三脚机器人的外门已经被震开了。弗里茨领着一伙人，手持切割金属的机器，钻进机器人内部，准备打开内门。他们都戴着呼吸面罩，以防切开内门时那种绿色的气体冒出来让人中毒。我本以为会等很长时间，实际上，从他们冲进去，到抬出一个昏迷不醒的怪物"主人"，只用了短短的几分钟。弗里茨证实，其中一个"主人"还活着，于是他们拿出准备好的面罩，戴在他的头上，扎紧带子。

我亲眼看着他们把怪物"主人"抬了出来。与此同时，有人拉来一辆车子，上面有个大箱子——用木头打造，缝隙之间用一种柏油封好，可以保证里面的绿色气体不会泄漏——正是用来装怪物"主人"的。大家连推带拽，终于把他塞进了箱子里。这个怪物"主人"长得很难看，身体呈圆锥形，有三条短粗的腿、三只触手、三只眼睛和一身令人厌恶的绿色皮肤，就像一只大爬虫，我一想起就觉得毛骨悚然。他们扣好箱子的盖子后，更多人动手帮忙，把箱子封紧。接着有人向马队的成员发出一声信号，几匹马一起用力，拖着大车以及上面的"货物"朝海滩驶去。

剩下的人开始清理现场，尽可能不留下我们的痕迹。等到怪物"主人"找到破损的三脚机器人时，他们绝不会怀疑这是一场有组织的反抗行动——我和亨利、竹竿儿三个人在去往白色群山的途中曾炸毁了一个三脚机器人，现场一片狼藉，但这次就不同了——尽管这次行动等于向怪物"主人"宣战，但我们用不着留下太多不必要的线索。我想把"烈鬃"埋葬了，可惜时间不允许。也许这个计策下次还能用，所以我们用海绵擦掉了马儿身上的绿漆，把尸体留在了原地。往回走时，我与其他人保持着一段距离，因为我不想让他们看到我在流泪。

马车被径直拉进了海里，直到海水拍打上来，没到马匹的前胸。有人把渔船划到马车旁边，小船随着波浪上下起伏，装着"囚犯"的大箱子被吊到船上。看着他们熟练的动作，我真不敢相信，自己竟然参与了这么一个复杂的计划。然后，他们解开马的缰绳，把它们赶到岸上。马儿两两一组——一个人骑着一匹马，另一匹马独自跟在后面——朝北方和南方四散开去。

我们剩下的人已浑身湿透，打着哆嗦爬到了船舷上。现在只剩下最后一件事了。我们用一根绳子把马车绑在船后。渔船划出，车子跟在后面，在水面上一起一伏。到了水深的地方，有人割断绳子，放开了马车。车子晃了一晃，接着便被阴沉的海水吞没。海岸上，马群已经不见了，只剩下三脚机器人的残骸，半球体大脑袋破损不堪，散发出淡淡的绿色雾气。剩下的怪物"主人"已经死透了。我们的"干扰仪"起作用了。三脚机器人孤零零地倒在那里，没有任何迹象表明它的同类会来帮助它。

渔船向南方驶去。冷硬的海风从西北方吹来，我们有点儿逆风，加上船上有"货物"和众多人，所以船速比较慢。我们调集所有人手完成了这次任务，如今正渐渐远离"案发地点"。我们需要越过一道海岬。船只缓慢地绕过海岬，在潮汐中上下起伏。潮水开始转向了。

不过现在，海岸已渐渐远去，残破的三脚机器人已经成了天边的一个小黑点。有人从船上厨房里拿出掺了糖和香料的热啤酒，以温暖我们冰冷的身子。

第四章

不胜酒力的卢奇

CHAPTER 4

　　回到城堡后，朱利叶斯重新进行了人员安排。许多参与俘获行动的人被派往别处，执行其他任务去了。过了两三天，朱利叶斯也离开了。这次行动已经完成，对怪物"主人"的研究和审讯则要持续数周甚至几个月的时间，而朱利叶斯还要处理十多项事务。我本以为，弗里茨和我也会被派出去，结果却没有。我们两个被安排留下来当守卫。这个工作相对轻松一些，我的心情却有点儿复杂。一方面，这段时间可能会比较无聊；但另一方面，我可以休息一阵子。经过了漫长而又劳碌的一年，能够轻松一下，何乐而不为呢？

　　真正让我高兴的是，我可以同竹竿儿多相处一段时间了。如今，我和弗里茨已经相互了解，我们是非常要好的朋友，但我和竹竿儿则变得有些疏远。竹竿儿现在是科学家小组的成员，他头脑聪明，求知若渴，爱好发明创造。尽管他很少谈到自己，但我看得出，其他科学家很器重他，他们的年纪可比他大很多呢。但竹竿儿本人从不骄傲，当然，他也一直不在乎这些。他只对能学到哪些新知识感兴趣，而不在意别人对他的看法。

　　留在城堡有诸多好处，唯有一样让人不太愉快，尤其是对我来说，那就是乌尔夫的存在。他曾是"精灵王号"的船长。

我、竹竿儿和弗里茨去参加运动大会时，就是他送我们去的。因为生病，他没法再待在渡船上了，于是朱利叶斯安排他在城堡里当警备队长。没错，这就是说，我和弗里茨现在必须听他的。

乌尔夫记得我们几个，我们也记得他，而他的作风还跟以前一模一样。他只对弗里茨印象不错。在"精灵王号"上，不管做什么，弗里茨都能服从命令，一丝不苟，从不多问问题。上级分派的任务，他都能圆满完成，让乌尔夫十分满意。而我和竹竿儿就没那么"听话"了。在一个小镇上，我们先是鼓动乌尔夫的助手，让他同意我们下船去找醉酒的乌尔夫。然后，我跟一个镇民打了起来，结果被他们扔进了一个大坑。接着，竹竿儿不听乌尔夫的命令，私自下船去救我。后来，乌尔夫把渡船开走了，把我们俩丢在了镇上。我和竹竿儿没办法，只好造了个木筏顺水漂流，自己去参加运动大会。①

竹竿儿不用接受乌尔夫的指挥，而且我觉得，乌尔夫其实挺尊重他的，毕竟竹竿儿算个科学家，是"智囊团"的成员之一。我就不一样了。我身上没有迷人的光环，乌尔夫还是我的顶头上司。事实上，虽然他把我们俩丢下了，但我们还是及时赶到了运动大会，而且我和弗里茨一同胜出，顺利潜入机器人之城，又平安逃出，带回了情报。可这一切都没能让乌尔夫回转心意，反而让他更加恼火。用他的话讲就是，狗屎运不能

_____

① 这部分内容请参考本系列的第二卷《潜入重力城》。——译者注

替代遵规守矩，反而是它的大敌；我的"事迹"只会鼓励其他人做出同样的傻事，这种不听话的"不正之风"必须受到遏制，而他则会好好地教训我。

这我都明白，但一开始，我觉得还没那么严重。我想，我们上次见面时，我的行为确实很轻率，很莽撞（这是众所周知的），所以乌尔夫才会对我这么生气。这一次，我决定愉快地与他相处，一定要听话，什么也不抱怨。但渐渐地，我才看清，乌尔夫对我的看法已经根深蒂固了，不管我怎么表现，都不可能改变他对我的偏见。到后来，我意识到这个人实在是太纠结了。他不光是在打击我，也在与他自己天性中的弱点做斗争。我越是有礼貌，办事越麻利，执行命令的速度越快，乌尔夫的冷嘲热讽就越多，还会叫我干更多的活儿。不到几个星期，我已经开始厌恶他了，就像在机器人之城里厌恶我的怪物"主人"一样。

乌尔夫的身体状况和生活习惯一点儿没变。他胸膛宽阔、结实，五短身材，像个水桶，脸上是厚嘴唇和扁平的塌鼻子，透过衬衫上的纽扣眼，还能看到他长着一身黝黑的汗毛。不管喝汤还是吃炖菜，他都吃得呼噜响，我就没见过吃东西时声音比他更大的人。他老是恶狠狠地盯着别人，说起话来唾沫星子乱飞，这让人更讨厌他了。不过这些天来，他不再随地吐口水了，改用一条满是红白斑点的手帕擦嘴，用完就塞到袖子里。当时我还不知道，其实，有些红色的斑点是他咳出来的血。他病得很重，已经快死了。如果早知道这些，我对他的印象会不会有所改观？我不敢保证。他还是冲我吆五喝六，我强压怒火，但随着时间一天天过去，我的火气快压不住了。

在这期间，弗里茨帮了我很大的忙。他不但劝我稳定情绪，还尽可能地帮我干活儿。竹竿儿也一样，不当班的时候，我经常跟他一起聊天。还有一样东西让我很感兴趣，在某种程度上，他也转移了我的注意力。那就是我们的囚犯，被俘虏的怪物"主人"——卢奇。

对卢奇来说，被俘虏的过程一定又痛苦又难受，但他还是挺过来了。我们为他准备了一个房间，那里曾经是城堡的地牢。我和弗里茨负责照顾他。进房间时，我们会戴上呼吸面罩，还得通过一间气密室。那是个比较大的房间，足有二十英尺见方，几乎完全是从坚硬的岩石里开凿出来的。根据我们的报告，科学家们在房间里准备了一切设施，以便让他过得舒服些。他们甚至在房中挖了一个圆形的坑，并在里面装满温水，专门供他泡澡。我们用木桶装着热水，抬进屋子里，尽量让他满意。我觉得水温还不够，因为我们没法像在城里一样不停地更换热水，供他们一直浸泡蜥蜴皮似的皮肤。但这已经不错了，总比没有强吧！除了那种绿色的气体，我们现在还能制作城里的食物。弗里茨逃出城时，曾经带出来一些食物的样本。

最初的几天，卢奇有些轻度受惊，随后，我发现他生病了。我原来的"主人"管这种病叫"斯库劳兹的诅咒"。卢奇绿色的皮肤上出现了棕褐色的斑点，触手老是抖个不停，他本人看上去病恹恹的，对任何刺激都没有反应。我们不知道该怎么医治他。在机器人之城，"主人"们会吸食一种"泡泡"以减轻痛苦。可我们这里没有"泡泡"，他只能靠自己恢复。幸运的是，他的病渐渐地好了。他被抓来一星期后，我走进牢房，发现他的皮肤变回了健康的绿色，他也开始想吃东西了。

前些天，我们用所有我们会说的语言向他问话，可他根本不回应，现在也是如此。我们有些沮丧，心想，很少有怪物"主人"不会说人类的语言，他不会刚好是其中一个吧？又过了几天，明显看得出，他已经全好了。有位科学家怀疑他是假装不会说人话，便叫我们第二天不要再抬热水给他。很快，这个怪物"主人"就显出了难受的样子，他开始打手势——走到空空的大坑旁边，不停地挥舞触手。我们假装没看见。当我们准备离开房间时，他终于开口了。他发出低沉的嗡嗡声，用德语说道："给我水，我要泡澡。"

我抬头看着他。他真是个丑陋的怪物，满身皱纹，身高足有我的两倍。

我对他说："你要说'请'。"

不管人类的哪种语言，怪物"主人"都没学过"请"这个字。他还是重复道："给我水。"

"你先等着。"我回答，"我去问问科学家怎么说。"

既然打开了话匣子，他就别想再保持沉默了。当然了，即便如此，他也不是什么话都愿意说的。他回答了一些问题，但对另外一些则坚决不肯开口回答。究竟哪些问题他愿意回答、哪些不愿意，我们很难找到一个标准。有些问题涉及如何防护机器人之城，他不想回答我们还能理解，可有一些我们就不明白了。比如说，人类在他们眼里就是奴隶，而有些"主人"反对奴役人类，这些话题他都能自由地讲，可接下来我们问他"追球比赛"的事，他立马拒绝回答。"追球"不过是一种运动，所有怪物"主人"都很热衷，他们在城市中心的三角形场地上玩"追球"。我觉得这种运动有点儿像篮球，只不过他们有七个"篮筐"，追球手驾驶小型三脚机器人争抢一种闪闪发光的金色圆球。圆球好像是从稀薄的空气中凭空变出来的。关于"追球赛"的问题，卢奇一个都不愿意回答。

我曾在机器人之城里当了好几个月的奴隶，但我从来不知道自己的"主人"叫什么。就算他有名字，他也是"主人"，而我只是他手下的"孩子"。面对这个囚犯，我们当然不可能叫他"主人"，所以我们问他叫什么名字，他回答说，他叫"卢奇"。在那短短的一瞬间，我突然发现，我已经把他当成了一个……一个人，一个敌人的代表，他们征服了我们的世界，而我们必须推翻他们。当然，我们已经知道，怪物"主人"彼此之间也有许多不同之处。我的"主人"比较随和、懒散，弗里茨的"主人"相对而言更加残暴。他们的爱好也各不相同。只不过在机器人之城时，我是从实用性的角度看待他们的区别的，我研究他们，是为了打败他们。而现在，情况不同了，我看问题的角度也发生了些许变化。

比如说，有一天，乌尔夫给了我一些任务，结果我给卢奇送晚饭送得有些迟。我穿过气密室，发现他正蹲在牢房中央，我说了些"抱歉，来晚了"之类的话。卢奇轻轻转了一下触手，打了个手势，然后嗡嗡地对我说："没关系。反正我有许多有趣的事可以做，有许多好玩的东西可以看。"

在他周围，只有空空荡荡、毫无特色的牢房墙壁，光源是两盏小油灯。为了适应他的生活习惯，小灯发出的是绿色的亮光。在单调的牢房中，唯一的"点缀"只有房门，还有地上的大坑。（那既是浴缸，也是他的床。我们没有机器人之城里铺床用的苔藓植物，就用海藻替代了。）他们属于完全陌生的外星生物，没有人能看懂他们的表情——他们没有脖子，脸上有三只眼睛，还有些孔洞用来呼吸和吃饭，中间有些古怪的皱纹相连——但在那一刻，不知为什么，我感觉他脸上流露出悲哀和懊悔的神情。另外，我还发现他竟然在开玩笑！虽然蹩脚，但不可否认，他的确是在开玩笑。我还是第一次意识到，他们也有最起码的幽默感。

他们叫我尽可能地跟卢奇多说话，弗里茨也这么说。科学家们会在更加正式的场合研究他，但我跟他多搭话也会有所帮助。每次我离开牢房后，都要向一个研究员汇报，把我们说过的每一句话都一个字一个字地复述一遍。我渐渐觉得，同卢奇讲话很有意思，我也越来越上手。在我的鼓励下，他有时的回答虽不多，有时却也不少。

比如，当我问到机器人之城里的奴隶时，他就很健谈。在言谈之间，我看出他也反对使用人类奴隶。根据我的观察，一般来说，怪物"主人"们反对奴隶制，不是因为觉得奴隶可怜，也不是因为在高热和令人沉如铅块一般的重力作用下，人类奴隶的寿命会大大缩短，更不是因为奴隶会受到"主人"的虐待，而是因为他们觉得凡事依靠奴隶只会让"主人"们变得软弱，可他们最终还是得依靠自己生存下去，繁衍生息，继续征服宇宙。至于卢奇呢，他确实有一点儿发自真心地同情人类。怪物"主人"占领地球，用金属帽子控制人类，让人类顺服自己，卢奇觉得这没什么错。因为他相信，和"主人"们到来之前的时代相比，人类现在反而更幸福了。在现今的地球上，疾病和饥荒已经绝迹，人类彻底摆脱了战争的威胁。当然，偶尔，人类在发生争执时，还是会对别人施以暴力，"主人"们对此依然很震惊，但至少他们可以控制到如今的地步。现在，如果发生伤人事件，打伤别人的家伙只有一个结局：他会被赶出家园，被送到远方，与其他凶手为伍。在那里，就算他们之间不发生争吵，也会有人无缘无故地杀人，或者被别人杀死。对我来说，这种情况可以说够可怕了。但我发现，卢奇比我更不赞成这种做法——我甚至可以说，他比我更坚决。

在他看来，征服地球，给人类戴上金属帽子都是有道理的。加过冠的男男女女都很享受当前的日子。就算是"流浪者"，也没有表现出特别不幸。而绝大多数人类更是过着平静、富裕的生活，甚至有很多节日和庆典。

我想起小时候曾见过一个人，那人是一个流动马戏团的团长，他对自己豢养的动物的看法，就跟卢奇对人类的看法一样。那人说，野生动物很容易生病，还要不分白天黑夜不停地打猎，否则就会被别的动物吃掉。它们必须费尽千辛万苦才能找到吃的，免得饿死。而他的马戏团里的动物呢，全都吃得又肥又胖，毛皮油光水滑。当时我觉得他的话挺有道理，现在想想却没那么可信了。

不过，虽然卢奇赞成怪物"主人"统治地球，统治那些难以驯服、生性好战的人类，但他相信，把人类奴隶带进机器人之城是个错误的决定。如今，他已亲身证实了这一点——不知怎么回事，尽管戴上了金属帽子，有些人类奴隶还是把城里的消息通知给了反抗军。（当然，我们没有告诉卢奇，我们曾派人潜入他们的城市。我们不会向他透露任何有用的信息。但他很容易想明白，有些消息确实是从城里泄露出来的，不然我们不会知道如何制造他们的食物和绿色气体。）我可以看出，虽然卢奇现在成了阶下囚，但他还是有一些得意的，因为这间接证明他的看法是正确的。

不过，他一点儿也不担心我们的反抗运动能成功。虽然说我们发动袭击破坏了他驾驶的三脚机器人，给他留下了难以磨灭的记忆。但这一切不过就像一个人看着一条猎犬如何追踪气味，或是一条牧羊犬历经诸多危险如何把羊群带回围栏里一样，仅此而已。我们确实干得很漂亮，让他本人受到了小小的伤害，但我们什么也改变不了。他觉得，我们不过是一小撮无礼的小不点儿，根本不可能推翻怪物"主人"的统治。

我们的科学家则通过各种物理方法研究卢奇，有时我也会参与一部分工作。他从来不反抗，也没有表现出不高兴——我怀疑，就算他不高兴，我们也看不出来，就像我们辨认不出他的其他情感一样——还积极配合科学家的检查、验血，以及用放大镜从头到脚仔细观察他。而卢奇呢，好像被研究的不是他自己，而是别人一样。实际上，他只抱怨过一件事，就是他房间的气温和水温还不够高。科学家已经在牢房里装配了热力系统，是用那种叫"电"的能源驱动的。我觉得牢房里热得喘不过气，但以怪物"主人"的标准看，还是太凉了。

他的食物和饮水也被动过手脚，这是为了试验某些东西会不会对他造成影响。可惜，这项试验从没成功过。他似乎有些特别的方法，能发现任何对他有害的东西。如果食物里掺了奇怪的东西，他会把食物推到一边，一口也不动。有一次，类似的情况一连发生了三回。我对竹竿儿说了这件事。

我问他："我们一定要这么干吗？我和弗里茨在机器人之城里当奴隶时，也能得到正常的食物和水，可卢奇将近两天什么都没吃了。这样是不是太残忍了？完全没必要嘛。"

竹竿儿说："如果你这么想，那么，把他关在这里本身就很'残忍'。房间不够大，温度不够高，重力也不够强……"

"这些都是没办法的。可是，往食物里掺东西，害得他什么也不吃，那就是两码事了。"

"为了找到他们的弱点，我们任何事都得尝试一下。你已经找到了一个——往他们的嘴巴和鼻子中间狠狠来一下，可以重伤甚至打死他们。可这帮不了我们多少忙，因为我们没办法同时打中所有怪物'主人'的脸。我们必须找到其他方法为我们所用。"

有道理，但还无法完全说服我。

"让卢奇遭受这种待遇，我很难过。我宁愿是其他人，比如弗里茨的怪物'主人'，哪怕是我的'主人'也行呀。卢奇不像大多数'主人'那么坏。至少，他反对把人类当成奴隶。"

"他是这么对你说的？"

"他没有撒谎。他们不会撒谎。至少我在机器人之城里是这么听说的。我的'主人'连书中的故事和谎言有什么区别都分辨不出来——对他来说，两者都一样。"

"他们也许不会撒谎，"竹竿儿接着说，"但也不总是会说出全部实情。他说他反对奴隶制，但你问到那个计划了吗？他们想把地球上的空气转化成有毒的绿色气体，只供他们自己呼吸，这个计划他也反对吗？"

"他还没提过相关的话题。"

"但他一定知道——他们所有人都知道。他不说，只是因为他以为我们不知道。他可能不像其他'主人'那么坏，但他毕竟是他们中的一员。他们之间从不发生战争。他们对自己的种族十分忠诚，所以不明白我们为什么会跟自己人打仗，就像我们不理解他们一样。虽然我们不理解，但我们绝不能轻视这一点。我们必须利用所有条件打败他们。就算这个实验让他不舒服，甚至会害死他，又有什么要紧？真正要紧的是，如何打赢这场战争。"

我说:"这一点,不用你提醒我。"

竹竿儿笑了:"我知道。不管怎么说,下一顿我们会给他正常的食物。只要他还有用,我们就不会杀了他。而他只有活着,才会更有用。"

"可到目前为止,他没说多少有用的信息。"

"我们必须再试试。"

当时正值冬日午后,我和竹竿儿坐在城堡一处破损的城垛上,面朝大海,享受着无风的天气和温暖的阳光。太阳像一轮橙色的圆盘,正朝西方雾气朦胧的海平面缓缓降下。突然,我们身后的庭院里响起一阵熟悉的叫骂声,打破了平静的氛围。

"威尔·帕克!你这没用的废物,你跑到哪儿去啦?马上给我过来!听见没有?"

我叹了一口气,站起身来。竹竿儿说:"希望乌尔夫不要太难为你,威尔。"

我耸耸肩:"只要是他,怎么可能不难为我?"

他说:"我们希望由你和弗里茨来看守卢奇,是因为你们很熟悉怪物'主人',你们能发现任何不对劲儿的地方,并能及时上报。可我想,朱利叶斯不知道你跟乌尔夫有这么大的矛盾。"

"我们之间的矛盾,"我回答,"就好比锯子和木头。可惜,锯子不是我。"

"如果你太为难……也许你可以考虑换个差事。"

他说得好像很为难,但是我明白,他是不想显得自己太

有本事——其实，以竹竿儿现在的身份，他可以做出类似的
安排。

我说："我会听他的话。"

"也许，正是因为你太听话，所以反而……"

"反而什么？"

"我想，正是因为你太听话，反而让他更生气。"

我很惊讶，还有些恼火："我遵守命令，及时完成任务，
他还想怎么样？"

竹竿儿叹了口气："好吧，威尔。我也该回去了，我自己
也有工作要做。"

我已经发现，过去在"精灵王号"上的乌尔夫，和现在住
在城堡里、让我的生活极其痛苦的乌尔夫，有个很大的不同。
过去的乌尔夫是个酒鬼——当初我和竹竿儿离开渡船，就是因
为他没能及时回来，他的助手怀疑他又跑到镇上的酒馆里喝酒
去了。但在城堡里，他滴酒不沾。在这里，一些年纪比较大的
人偶尔会喝一口白兰地，说是为了抵御风寒，但乌尔夫从不喝
酒，就连啤酒这种普通的饮料都不喝，更别提我们吃饭时搭配
的原酿红葡萄酒了。有时候，我反而希望他喝一点儿，因为我
觉得酒能让他的脾气变得好一些。

有一天，朱利叶斯派一个信使来到城堡。我不知道他来送
什么信，但我看到他还带来两个长条形的石头罐子。这个信使
好像是乌尔夫的老朋友。罐子里装的是杜松子酒——一种纯净

如水的烈酒，德国人都爱喝，他和乌尔夫以前一定经常开怀畅饮。或许是见到老朋友太开心，让乌尔夫破了戒，也可能他更喜欢杜松子酒，所以看不上城堡里现有的劣酒。不管怎么说，我发现他们两个坐在守卫室里，中间放着一个石罐，每人面前摆个小酒杯。乌尔夫终于被别的事勾走了魂儿，这让我非常高兴，于是我悄悄地走开了。

到了下午，信使走了，但他把另一个石头罐子留给了乌尔夫。乌尔夫已经显出了醉态——他中午一口饭都没吃，只顾喝酒——这会儿他又打开了第二个酒罐子，一个人坐着，自斟自饮。他的情绪很阴郁，他不跟任何人讲话，也不在意周围发生了什么。当然了，身为警卫队长，他不该喝这么多酒。但在城堡里，我们唯一能想到的危险就是三脚机器人的进攻，可它们只走定好的路线，绝不会接近这里，我们也坚守岗位，从不主动招惹它们。对我来说，我既不会指责乌尔夫玩忽职守，也不会替他辩护，我只是感到高兴，因为不用再听他扯着沙哑的嗓子大呼小叫了。

今天天色阴沉，天早早就黑了。我端着给卢奇的食物——一碗黏糊糊的东西，看着像麦片粥，但稀汤比干货多——正要穿过守卫室，进入直通牢房的走廊。天色昏暗，微弱的光线透过两扇高高的窗子照进守卫室。我只能看到乌尔夫模糊的身影，他正坐在桌子后面，面前摆着酒罐子。我假装没看见他，他却叫住了我："你要去哪儿？"

他声音含混，有些咬字不清。我回答："给囚犯送饭，先生。”

“你过来！”

我走过去，站在桌子对面，手里端着托盘。乌尔夫问：“你怎么还不点灯？”

“还没到时候。”

确实没到时候。按照乌尔夫的规定，再过一刻钟才到点灯的时间。即使天色昏暗，如果我提前点灯，恐怕乌尔夫会很生气，认为我故意不守他的规矩。

可他说：“点灯！还有，别跟我顶嘴，威尔·帕克。我叫你干什么，你就去干什么，动作要快！懂吗？”

“明白，先生。可你定了规矩……”

他从椅子上站了起来，身子微微摇晃。他身体前倾，伸出双手按住桌子。我能闻到他嘴里喷出的酒气。

“你竟敢不听……不听我的话，威尔，我饶不了你。今晚你得给我加班守夜。现在，你把盘子放下，去把灯点亮。听明白了？”

我一声不吭地照他的话做了。灯光映在他的大脸上，他醉意醺醺，满脸通红。我冷冷地说：“先生，如果没别的事，我要去送饭了。”

他盯了我片刻：“等不及去见你的老伙计了，是吗？跟那只大蜥蜴谈心比工作更舒坦，对不对？”

我拿起托盘：“我可以走了吗，先生？”

“等等！”

我听话地站住。乌尔夫哈哈大笑，然后他端起酒杯，把杯里的酒全倒进了卢奇的碗里。我一动不动地看着他倒完。

"滚吧。"他说，"去伺候你的老伙计吃晚餐。"

其实，我知道自己应该怎么办。乌尔夫已经醉了，所以开了个不知深浅的愚蠢玩笑。我应该把盘子端回去，倒掉这碗饭，再给卢奇新换一碗。但我没有，我用十分"听话"却又带着轻蔑的口吻问道："这是命令吗，先生？"

他跟我一样怒火中烧，不同的是，他火气冲顶，我的怒气却闷燃在胸。另外，他已经醉得神志不清了。他说："照我说的做，帕克。快点儿，去啊！"

我端着托盘离开了。我有点儿明白竹竿儿的意思了——我只要稍微努努力，安抚一下乌尔夫，我们之间的事情就会成为过去。但我不会这么做。这一次，恐怕乌尔夫要惹大麻烦了。卢奇不会吃这样的晚饭的。往常，只要觉得有一丁点儿不对劲儿，他就拒绝吃东西。而我今天只要做个汇报，这个小插曲就会曝光。我不过是按照规定执行命令，但我这次有机会结束我的苦难了。

我刚走到气密室门口，就听到乌尔夫在远处大喊大叫。我没理他，径直进入牢房，放下托盘，然后出了房间往回走，看他在吼些什么。乌尔夫站在那里摇摇晃晃，大喊道："命令取消。给那大蜥蜴重做晚饭！"

我回答："我已经把饭送进去了，先生。你下的命令！"

"那就快拿出来！等等，我跟你一起进去。"

　　我很生气，我的小算盘要落空了。卢奇会吃上新的晚饭，那我就没什么好报告的了。难道报告说乌尔夫在当班时间喝醉酒？虽然我现在愤愤不平，可这事儿不归我管。我一声不吭，跟着他走进气密室。我差一点儿就能摆脱他了，真是太可惜了。

　　气密室是个小房间，只能容纳两个人。我跟乌尔夫你推我挤，好不容易才戴上呼吸面罩。乌尔夫打开内侧的牢门，率先冲了进去。我听到他又惊又怒地尖叫了一声，然后急忙往前跑，我这才知道他看到了什么。

　　饭碗已经空了。卢奇倒在地上，触手摊开，浑身僵硬，一动也不动。

　　朱利叶斯又一次回到城堡召开会议。与以往相比，他的身体更差了，但他还是那么乐观、自信。他坐在长会议桌的中间，两边是科学家，包括竹竿儿，都簇拥在他周围。弗里茨和我坐在不显眼的角落里。驻守城堡的指挥官安德烈首先发言。他说："我们的最佳作战方案依然是从内部破坏机器人之城。问题是——怎么破坏？我们可以派几个人潜入城市，但他们没法与怪物'主人'正面交锋，尤其是在他们的地盘上。或许，我们能破坏几台机器，但这不足以彻底摧毁他们的城市。他们一定会很快修好机器，而我们的处境会更糟糕——因为他们将变得更加警觉，他们会做好准备，等待我们再一次发动袭击。同样，就算我们试图破坏城市的高墙，结果也一样。我们没法打通墙壁，即使成功打个大洞，我们也发动不了大规模进攻——从内从外都不行——而怪物'主人'则会大举反击，造成更大规模的破坏。

"所以，我们需要找到方法，对怪物'主人'本身造成伤害，在同一时间内重创他们所有人。有人建议在他们的空气中下毒。主意倒是不错，但在目前有限的时间里，我们找不到这样的机会。相比之下，往水里下毒会更有效。他们每天需要很多水，既要喝，还得泡澡。考虑到他们的身高是一般人的两倍，体重则是一般人的四倍，那么，每天的摄水量就是人类的四倍到六倍。如果我们往他们的水源里掺些东西，应该会起作用。

"遗憾的是，根据对俘虏的研究，我们已经证实他们对食物和饮水非常敏感。只要食物里掺了有害物，我们的囚犯就会拒绝吃东西。直到一次偶然的机会，有人往他的晚饭里倒了杜松子酒。结果，他毫不犹豫地就把饭吃光了，不到一分钟，就昏了过去。"

朱利叶斯问："他昏迷多久才醒过来？"

"大概六个小时后，他才出现苏醒的迹象。十二个小时后他才完全苏醒，但身体仍不协调，明显神志不清。等到他彻底恢复，已经是二十四小时之后了。"

"从那以后呢？"

"看起来完全正常。"安德烈说，"但要提醒您，这事发生以后，他有些担心，比以前更警觉了。我想，以后不管我们再怎么努力，他也不会信任我们了。"

朱利叶斯问道："昏迷不醒？……对此你有什么看法？"

安德烈耸耸肩："我们知道，人类喝酒时，酒精会麻痹大脑，影响人体的协调性。所以，醉汉走不了直线，手脚不听使唤，甚至会摔倒。如果喝得太多，他就会昏睡过去，像卢奇一样。对于酒精，他们似乎比人类更没有抵抗力，也更容易醉倒。更重要的是，他们虽然能识别有害物质，却认不出酒精。要让他们昏倒，酒精的量也不用太多。这一次，卢奇只喝了酒杯里剩下的一点点酒。所以我想，我们的机会就在这儿。"

"如果想把酒精混进他们的饮用水里，"朱利叶斯说，"那就没法在外部投放了。我听说在机器人之城里，他们有净化并处理水质的机器。所以，我们必须潜入机器人之城，我们还得再派一组人。可是怎么带酒精进城呢？就算每个怪物'主人'只需一点儿酒精，但要让所有人都醉倒，加在一起，量就多了。他们的城里也不可能有酒精啊。"

"我们的人可以在机器人之城里制造酒精。"安德烈说，"城里有糖——他们需要用糖合成怪物'主人'和人类奴隶的食物。这样的话，再有几套蒸馏设备就够了。然后，等造出足够的酒精，就可以把它们混进饮用水里了。"

安德烈看着朱利叶斯说："我们需要在三座机器人之城里同时行动。他们知道有人在反抗他们——我们破坏了一个三脚机器人，抓走了一个俘虏，他们已经得到消息了。但根据最新的报告，他们还在往城里运送人类奴隶，这说明他们依然信任戴上金属帽子的人。一旦他们发现有人冒充加冠者，事情就难办了。"

朱利叶斯慢慢地点点头。"没错，趁他们没有戒心，一举打垮他们。"他说，"这个计划非常好。马上开始准备吧。"

后来，朱利叶斯叫我去见他。他正在往一本书上写东西，看到我进来，他抬起了头。

"啊，威尔。"他说，"来，坐下。乌尔夫已经走了，你知道吧？"

"今天早上我看到他离开了，先生。"

"我猜，你有些得意，对吗？"我没有答话。"他病得很重，我派他去南方多晒晒太阳。他去那边会继续为我们工作。他干了一辈子，剩下的时间已经不多了。他这一生都不怎么快乐。他办了错事，尽管因祸得福，但他还是只能看到失败——他败给了自己的老毛病。威尔，你可不能看不起他。"

"我没有，先生。"

"你也有自己的问题。你的缺点跟乌尔夫不一样，但同样会让你做傻事，就像这一次。乌尔夫的问题是太贪酒，而你呢，则容易骄傲，做事不经大脑。有些事我得告诉你。我把乌尔夫和你留在城堡里，有部分原因是，我觉得这会对你有好处——教你如何服从命令，学会三思而后行。可惜，我没想到结果竟是这样的。"

我说："我很抱歉，先生。"

"确实有你的原因，不过也有乌尔夫的原因。他离开以前跟我谈过话。他说，你们第一次共事时，你和竹竿儿曾私自跑下船。对此，他很自责。其实他知道，都怪他留在镇子里喝酒，你们才会找到借口上岸找他。如果早知道这件事，我就不会让他来这里了。有些人就是水火不相容，看起来，你和他就是这样。"

他停了一会儿，然后用深邃的蓝眼睛紧紧地盯着我，我感觉更不自在了。他接着说："我们又组织了一支远征队。你想不想加入？"

我立刻坚定地回答道："当然想，先生。"

"出于理性的考虑，我应该拒绝你。你以前做得很好，可你还没学会控制自己的鲁莽。恐怕你以后也学不会。"

"可是你也说了，先生，我一直做得很好。"

"是啊，因为你一直很幸运。所以我觉得，应该放弃'理性的考虑'，同意你参加。另一方面，你熟悉机器人之城，可以发挥很大的作用。但我想，你最大的幸运之处，说实话，是给我留下了深刻的印象。威尔，你确实是我们当中的幸运儿。"

我兴奋地说："我会努力做到最好的，先生！"

"是的，我知道。你可以回去了。"

我刚走到门口，他又把我叫了回去。

"还有一件事，威尔。"

"是什么，先生？"

"你应该好好想想那些不够幸运的人。特别是，想想乌尔夫。"

第五章

重返金与铅之城

CHAPTER 5

现在已到了春天。不过，不是第二年的春天，而是第三年。远征队终于出发了。

在这一年多的时间里，我们有太多事情需要准备。我们要制订计划，打造设备，一遍又一遍地演练具体的行动步骤，还要同其他人联络。在另外两座机器人之城的周边地区，我们的人已经建立了几个反抗基地。我们的祖先曾用无线电波在空气中发送信息，怪物"主人"现在也这么做，如果我们使用同样的方法，相互联络就会容易得多。我们的科学家已经造出了无线信号收发器，但考虑到当前的形势，最终还是放弃了。如果使用无线电，敌人一定也能接收到信号，从而顺藤摸瓜找到我们。就算抓不到人，他们也会察觉出这是一起大规模的"叛乱"。而我们必须麻痹怪物"主人"，让他们以为自己的统治绝对牢靠。

于是，我们只好依靠原始手段联络。我们用信鸽传递信件，建立通信网络，还让人骑上快马，昼夜兼程，轮流上路，传递紧急信息。我们把计划提前发送给远方的人，其他基地收到消息后，立刻派人回来汇报情况并交换信息。

有一天，亨利回来了。刚开始我竟然没认出他来。他个子长高了，人变得精瘦，由于长时间被热带的阳光暴晒，他的皮肤变成了古铜色。他现在非常自信，经常得意扬扬地讲述自己的不凡经历。他们到了北方，在两块大陆的交界处，也就是第二座怪物"主人"的城市附近，找到了另一伙反抗军。他们已经开始合作，并建立了同盟关系，交换了许多有用的情报。他这次回来，还带来了对方的一位领袖。那人名叫沃尔特，个子很高，身材瘦削，皮肤黝黑，不怎么爱说话，但只要一开口，就能发出弦乐一般的声音，十分悦耳。

我们聊了整整一个下午——亨利、我，还有竹竿儿——只觉得时间过得飞快。谈话期间，我们还观看了科学家们做的一场演示。这时已是夏末，我们三个坐在城堡的外墙上，遥望平静蔚蓝的大海，海水波澜不惊，直达远方的海平面。周围一片祥和，让人很难相信，世界上竟然还有三脚机器人和怪物"主人"这些可怕的东西。（实际上，三脚机器人从来没有接近过这片孤独的海岸，所以我们才会在这座城堡里藏身。）在我们正下方，一小群人围着两个穿着短裤的人，那两人的装束跟我在机器人之城里当奴隶时差不多。不光如此，他们俩还各自戴着一个呼吸面罩，罩着头和肩膀，我在机器人之城时也要戴这玩意儿，以防吸入怪物"主人"的有毒空气。唯一不同的是，我当时的面罩上有两个小袋，里面装着过滤海绵，他们的则没有，而是换成了一根管子，管子的另一端接在他们背后的箱子上。

有人发出一声信号，那两个人越过石头海岸，蹚进海水里。海水淹上来，依次没过他们的膝盖、大腿和胸膛。他们两个继续往前走，直到全身都被海水淹没，消失在海面上。有那么一两秒，我还能看到他们的潜影。他们远离城堡，渐渐消失，之后完全不见了。我们仍看着海面，等着他们俩再次现身。

我们等了好久，由几秒钟到几分钟。有人已事先告诉了我将会发生什么，可我依然很担心。我觉得一定是出了什么事。这片无疆无界、沉静异常的蓝色大海吞没了他们。潮汐从大洋深处涌向岸边，他们刚才是逆着潮水游出去的，而海水下面有变幻莫测的潜流，还有暗礁，可以说相当危险。时间在流逝，虽然缓慢，却永不停息。

为了帮助我们潜入机器人之城，他们正在做一项实验。我们不能再用以前的方法通过运动大会混进城了。那种方式太直接，我和弗里茨一定会被认出来。我和弗里茨曾跳进地下河，顺着城市的下水道游出城外，这一次，我们要反着走一趟。难点在于，即便是顺着水流游泳，也能让人耗尽体力，我更是差点儿在水里憋死，而要逆着激流游回去，没有外界的帮助根本就不可能。

我终于忍不住大声说道："这根本行不通！他们下去了那么久，肯定没命了。"

竹竿儿说："再等等。"

"已经超过十分钟了……"

"将近十五分钟。"

亨利突然说："快看，在那儿！"

我顺着他指的方向看去。远处清澈的蓝色海面上出现了一个小黑点，接着是第二个。是那两个人！亨利说："他们成功了。但我还没弄明白。"

竹竿儿尽其所能地解释给我们俩听。过去我一直以为空气看不见摸不着，就像什么都没有一样，其实不是的。实际上，空气可以分离成不同的气体。我们日常活命所需的部分，只占空气整体的一小部分①。我们的科学家已经学会了如何分离空气，他们把有用的那一小部分储存在容器里，让游泳者背在背上。容器里有个单向阀门，可以为游泳者提供呼吸所需的空气。有了这套装置，人就能在水里待很长时间。而且，他们脚上还套着脚蹼，它可以让人游得更有力，甚至胜过潮汐的推力。我们终于找到潜入机器人之城的好办法了。

第二天早上，亨利离开了。那位长得精瘦、沉默寡言的陌生人也跟着走了。亨利带走了几个面罩，还有呼吸管、储气罐等应用之物。

坐在河岸边的独木舟上，我又一次看到了那座金与铅之城。我的身体因为恐惧而发抖，怎么也控制不住。城市的外围是一道金色的高墙，上方是起保护作用的绿色水晶穹顶。它占地广阔，规模宏大，固若金汤，遮住了对面的河流与大地。我

---

① 在空气中，只有氧气可以供人呼吸，而空气中的氧气含量只占21%。——译者注

们只有六个人，却要攻克这座巨大的城市，想一想，似乎很滑稽。

戴上金属帽子的人十分敬畏这座城市，他们绝不会冒险接近这里，所以我们很安全，没人会来妨碍我们。当然，我们能看到许多三脚机器人，它们昂首阔步，像巨人似的挡住天空，在城门附近进进出出，我们离它们经过的路线远远的。我们来这里已经三天了，这是最后一天。今天起了大风，天色阴沉，太阳即将落山。距我们正式开始行动，还剩最后几个小时。

想要同时进攻三座机器人之城，并不是容易的事。实际上，我们只能在不同的时间段各个击破，因为世界各地天黑的时间并不一样。亨利他们将比我们晚六个小时行动，而东方的小组现在就该行动了，他们那儿现在是午夜。我们已经知道，东方那座城市是整个计划中最难攻克的部分。在我们建立的三个基地中，就属东方的规模最小，力量最弱。那片土地上的加冠者对我们而言完全是外乡人，他们说不同的语言，我们根本听不懂，几乎招募不到当地的新人。去年秋天，那个基地派了几个人到城堡学习如何混进城去。那是几个黄皮肤的男孩，身材瘦小，很少说话，也不爱笑。他们会说几句德语。弗里茨和我教了他们怎么找到地下河、怎么潜入城市（我们暂时假设三座城市的构造都一样）。他们一边听，一边连连点头，但我们可不敢保证他们都听懂了。

不管怎么说，我们帮不了他们。我们必须集中精力做好自己的工作。黑夜降临，夜色笼罩了机器人之城、河流和周围的平原，还有远处影影绰绰的古代都市废墟。我们露天吃了最后一顿普通的人类食物。以后再想吃东西，我们只能在机器人之城里找公共休息室，跟那些奴隶一样，干嚼淡而无味的人造食物。

借着最后一点光亮，我看了看此行的同伴。他们都已打扮成奴隶的样子，准备戴上呼吸面罩。我们整个冬天都不敢晒太阳，好让皮肤显得苍白。假的金属帽子牢牢箍住我们的头，头发从网眼里冒出。但在我看来，他们一点儿也不像城里的奴隶，我真怀疑能不能骗过怪物"主人"。第一个发现我们的怪物"主人"会不会一眼就识破我们的伪装，并拉响警报呢？

可是现在时间紧迫，我们不能再犹疑了。西边的地平线上方不远处，一颗星星在夜空中隐隐闪现。我们的组长是弗里茨，他看了看手表。只有他一个人戴着手表，为了不露馅，他得把手表藏在短裤的皮带里。这块手表走得很准，在水下也能计时。这可不是我们的科学家做的，而是出自一位伟大的能工巧匠之手——那人活着的时候，怪物"主人"还没来地球呢。它让我想起，我也曾在一座古代都市废墟中找到一块手表，可惜，在红塔伯爵的城堡里，我跟埃洛伊丝一起划船时，手表掉进了河里——这是多久以前的事了？

"时间到了。"弗里茨说，"我们下水吧。"

在我们之前，已经有侦察员提前下水，探明了出水口的构造。幸运的是，水道很宽，一共有四条，每一条都通往不同的储水池，就跟我们当初跳下的那个差不多。水池的底部距水面大概有二十英尺。我们一个接一个跳下水，逆着水流用力游泳。我们额头上还绑着一盏小灯，灯光照亮了眼前的黑暗——这又是古代人发明的一个奇迹，不过这次的灯是由竹竿儿和他的同事们重新制造的。竹竿儿本来强烈要求跟我们一起来，但最后他还是留在了总部。因为他视力不好，如果不戴眼镜，行动会很不方便。再说他现在是个重要人物，决不能有什么三长两短。

有一个伙伴儿在我前面游，他的灯发出的光线在我前方晃动。到了某个地方，亮光闪了几下。出水口一定就在那儿。我朝下游了一会儿，看到一段弧形的金属管道的轮廓，再往里则是管道的阴影。我摆动脚蹼，继续向前游。

管道很长，仿佛没有尽头似的。我前面有亮光闪烁，我额头上的灯泡也射出一道昏暗的光柱。一阵阵水流迎面扑来，我必须用力游才能与之对抗。有一段时间，我怀疑我们能不能游过去。我们会不会一直原地踏步，直到筋疲力尽，被大水冲回河里？

流水好像带来了一点点热量，可这只是我的幻觉。这时，前面的亮光突然不见了。我挥动疲惫的四肢，加了一把劲儿继续游。之前，我只要一抬手，就能碰到管道的上壁。这回我试了一下，上方却空空如也。再往上看，上方远处有一道绿色的微光。

我开始往上游，终于，我的头露出了水面。按照之前的行动安排，我们要游到池子的边上，藏在水池周围的墙壁附近。在我前面的伙伴儿也在那儿，漂浮在水面上，一上一下。我们安静地点头致意。其他人的脑袋也钻了出来，一个接一个，最后是弗里茨。看到他，我大大地松了口气。

上次我们离开时，在夜色中，水池周围一个人都没有。但这次我们不能冒险。弗里茨小心翼翼地爬上岸，朝四下张望。然后，他朝剩下的人挥挥手，我们这才爬上去，站在坚实的地面上。城里的重力开始发挥作用，我们的身体立刻变得像铅块一样沉重。我看着伙伴儿们，虽然他们事先已被警告过，可还是大吃一惊，突如其来的压力让他们摇摇晃晃。他们的肩膀垂了下去，四肢不再充满活力，我知道，我自己也一样。不过也好，这样一来，我们跟其他奴隶就没什么两样了。

我们没有浪费时间，先摘掉面罩上的软管，然后解下了背上的氧气罐。剩下的就是普通的呼吸面罩了，颈边的小袋里塞着过滤海绵。稍后我们得找到奴隶们的公共休息室，更换新的海绵。我们扎破氧气罐，把它们和软管绑在一起。一个伙伴儿爬回水里，把这包东西按到水下，让氧气罐灌满水，慢慢沉到水底。水流将会把它们冲回河里。就算到了明天，或者后天，外面的加冠者捞起这包东西，也不会知道这是做什么用的。他会把它们当成三脚机器人的用品。我们知道，总有些垃圾时不时会流出城去。

我们可以与伙伴儿交谈，但为了不发出不必要的声音，我们全都忍住了。弗里茨再次点点头，我们开始往外走。我们先经过了插入水中的吸热网，紧接着就看到最后一个水池的水面上散发出腾腾蒸汽，甚至咕嘟冒泡，然后经过冲进水池的小瀑布，又经过码得整整齐齐、一直摞到大厅屋顶的集装箱，最后走上一段通向外界的陡峭斜坡。天花板上垂下一盏盏球形吊灯，发出昏暗的绿色灯光，照在我们身上。弗里茨在前面带路，他小心翼翼地往前走，不时寻找隐蔽之处。每次他发出信号后，我们才随后跟上。到了晚上，没有几个怪物"主人"会出来活动，但偶尔见到一个也无须大惊小怪，因为这附近没有人类奴隶，他们只能自己出来办事。另外，我们还随身带着几样东西，是蒸馏设备的组件，在城里绝对找不到。

　　我们寻找着道路，慢慢穿过沉睡的城市。我们经过了许多有机器的地方，繁忙的机器发出嗡嗡的声响；我们经过无人的花园水池，周围长着造型丑陋、颜色暗淡的植物，看上去就像警觉而又危险的活物。我们从一个巨大场地的边缘走过，这里就是举行"追球比赛"的场地。看到这些地方，还有其他熟悉的场景，过去的一天天、一年年，我所经历的自由时光仿佛突然消失了。我几乎以为，我正在回"家"的路上——回19路15号金字塔，我的"主人"正在等我，等着我给他铺床、挠后背、布置餐桌，或者只是跟他聊天、互叙友情。我和他之间的关系很奇怪，至少他认为，那就是所谓的"友情"。

　　我们走了很长的路，为了不冒任何风险，还绕了不少弯道。最后，我们终于来到了城市的另一边，找到了目的地，也就是河流的入水口。在这里，水源经过机器被处理，水质得到净化。这时，我们头顶的夜空显出点点绿色。在外面的世界，清澈的晨光已经跳出东方的地平线，洒满群山。我们又累又热，汗水浸透全身，喉咙干渴，浑身疼痛，永不停息的怪力压迫着我们，仿佛随时会把我们压垮。还要再过好几个小时，我们才能溜进一间公共休息室，摘掉面罩吃些东西，喝点儿饮用水。我真想知道，新来的四个人是怎么挺过来的。

我们正穿过一块三角形的开阔地，无所不在的花园水池周围长着许多粗糙多节、类似树木的高大植物，可以为我们提供掩护。弗里茨走过一个平台，停下脚步，挥手示意其他人跟上。我负责殿后，自然要最后一个走。我刚要迈步，突然发现弗里茨的手势变了，他不再招手，而是抬起手，向我发出警告。我赶忙站在原地，等待着。远处响起一阵声音，那是一串有节奏的啪嗒声。我听出来了，是脚步声，怪物"主人"的三条短腿正在连续敲打平整的路面。

一个怪物"主人"！在昏暗的绿色晨光之下，我看着他从广场对面走过，身上起了一层鸡皮疙瘩。我本以为，跟卢奇接触了那么长时间，我已经不怕他们了。可卢奇只是我们的囚犯，他被关在狭小的牢房里。而这里是金与铅之城，是怪物"主人"权力的象征。看到眼前这位"主人"，我内心的恐惧以及深藏已久的仇恨全都回来了。

弗里茨和我以前在城里当奴隶时，曾发现好多地方根本无人使用。其中有很多是仓库，里面堆满了大箱子，就像我们进来时穿过的地洞一样。还有些仓库已经被清空，准备将来转作他用。我想，当初建造这座城市时，怪物"主人"就已留出了扩展空间，所以很多地方现在还没被占用。

而我们可以好好利用这些地方。怪物"主人"驾驶三脚机器人时总是走一成不变的路线，由此可见，他们在许多方面喜欢循规蹈矩。比如说，空房子将会一直空闲着。人类奴隶除了执行命令，绝不会到处乱跑，你很难想象他们会四处打听。在他们眼里，那些空闲的房子都是"主人"的秘密场所，是神圣不可侵犯的。

于是我们朝一座金字塔走去，弗里茨已经提前探查过了，从那里出发，不到一百码就有一道斜坡，可以通往水源净化设备的所在地。显然，金字塔的一楼无人使用，里面堆着很多箱子。箱子表面长着一层褐色的茸毛，它们会缓慢地生长，但轻轻一碰就能擦掉。（在城里，很多地方都有这种真菌似的茸毛，可怪物"主人"一点儿也不在意。）为了更安全，我们沿着一段螺旋形坡道走进地下室，这里的箱子堆得更高。我们在远处的角落里清出一块空地，马上动手组装设备。

蒸馏设备中的大部分组件需要在机器人之城里获得，比如玻璃管、广口瓶之类的东西，这些在城里都能找到。我们随身带来的主要是些小工具，还有橡皮管和密封胶。另一样需要从敌人手中获取的工具是加热装置。城里没法点火，但有一种加热垫，各种尺寸的都有，只要按下按钮，它就能持续释放热量。人类奴隶会用一种小型加热垫为怪物"主人"把饮用水烧开。加热垫上有根电线，可以连到建筑物墙上的插座里。加热之后，拔出电线，加热垫还能用一个多小时，跟刚插上时的一样。竹竿儿解释说，它们使用的能源就是科学家们重新发现的"电能"。

天亮了，在微弱的光线之下，城里到处是深浅不一的绿色阴影。穹顶上出现了一轮暗淡的圆盘，不仔细看几乎很难发现那就是太阳。我们六个人分成两组，弗里茨和我先各带一组，去找一间公共休息室，我们得养养精神，吃些东西，喝饱水，还要更换面罩里的过滤海绵。我们要去的公共休息室也经过了仔细挑选，它在一栋大型金字塔里，每天，很多怪物"主人"从各个城区汇聚到这里，商讨事情，指挥工作。（和其他许多事情一样，我们不太明白他们的"工作"究竟是什么。）也就是说，这儿的公共休息室里总会有许多人类奴隶，他们陪"主人"来到这里，在"主人"召唤之前，他们可以暂时休息一下。有些人会待上几个小时，躺在长凳上睡觉。他们大多不认识彼此，不知道别人的名字，只用冰冷的数字编号称呼对方。无论是长凳上，还是食品分配机前，全都挤满了人。所有奴隶都筋疲力尽，根本没有力气注意其他人。

这将是我们最主要的补给站，不光吃饭、喝水，我们还要在这里休息、睡觉。我们已经决定在晚上工作，白天则要尽可能地抽时间恢复体力，但能休息的时间并不多，每次也就几个小时。

头一天，我们到处搜集需要的材料。进展很顺利，我们自己都感到惊讶。安德烈说得很对，我们三个小组必须同时行动，因为怪物"主人"现在还很自信，他们以为自己完全控制了戴上金属帽子的人，我们成功的希望全部仰仗这一点。我们几个可以去任何地方，拿走我们想要的任何东西，因为在别人眼里，我们不管做什么，都是在执行怪物"主人"的命令。我们在敌人眼皮子底下穿过大街，运送"战利品"。我们中间的两个伙伴儿拖着带轮子的小车，上面装着一个大桶，经过一片开阔地。对面有个花园水池，十多个"主人"泡在蒸汽腾腾的热水里，毫无风度地玩耍、嬉闹。

大桶是我们的首要目标。我们一共找来三个，把它们都抬进了地下室。公共休息室里为奴隶提供了一种有点儿像饼干的食物，我们弄来不少，并将它们全都倒进了桶里，然后添满水，搅拌成恶心的混合物。这些"浆糊"富含淀粉，我们又往里面掺了些随身带来的干酵母。没过多久，"浆糊"就发酵了——我们的科学家曾说过，虽然城里的空气跟外界的不一样，但还是可以发酵的。看到桶里冒出熟悉的气泡，我们轻松了许多。第一阶段就这样开始了。

随着第一阶段的进行，我们开始安装蒸馏设备。这就不太容易了。一般的蒸馏过程要先给液体加热，让它形成蒸汽。我们想得到的是酒精，而酒精的沸点比水低，所以加热释放的第一批蒸汽中将含有大量酒精气体。接下来还要让蒸汽冷却，凝结成液态。以上步骤重复进行，就能得到纯度越来越高的浓缩酒精了。

　　不幸的是，我们遇到了麻烦——城里实在太热了，酒精蒸汽很难凝结。为了克服这个难题，我们增加了冷凝管的长度，让蒸汽有更长的时间冷却，但我们很快发现，这样行不通。能流出冷凝管的液态酒精实在太少了，很长时间才有一滴。要集满一只广口瓶，怎么着也得几个月。我们必须想别的办法。

　　当天晚上，我和弗里茨结伴外出。我们俩小心翼翼地顺着斜坡走进地洞，来到水源净化设备前。借着上方绿色的灯光，只见机器正开足马力运转，发出嗡嗡的声响，周围没有一个人。城里的机械都是自动运行的，这里能活动的生物只有怪物"主人"，以及绝对服从的人类奴隶，所以没必要派人看守。（在城里，连门都不用锁。）净化设备的一边有个水池，大概二十英尺宽，里面盛满了热水，经由不同的管道送往城市各个地区——有的送往金字塔建筑的顶层，有的流经花园水池或地面上的类似设施。而在设备的另一边……

　　另一边还有一个水池，河水从那边注入净化设备中。再往外，牢固的金色高墙上有个宽敞的大洞，河水经过大洞汇入水池。我和弗里茨爬过一道矮墙，发现脚下是狭窄的横档，直通那个大洞。我们走了过去，洞里越来越黑。

　　河水表面升起一阵凉意，我们感觉十分清爽。我们需要的就是这种地方。不过，如果想安装蒸馏器，我们需要更大的空间。弗里茨走在我前面，我只能根据脚步声判断他已经停了下来。洞里太黑了，我什么都看不见。我轻声问："你在哪儿？"

　　"在这儿。抓住我的手。"

　　我们正在城墙的下方。在这里，河水的声音跟别处不同，变得更加喧哗。我猜，水流应该在地下河道中禁锢了很久，到这里才算获得自由。它一定发源于外面的世界，又流经地下深处，这样外界的空气才不会顺着河道涌进机器人之城。我摸到了弗里茨，同时发现自己正沿着某种通道向外走，这里之前一定充满了河水。这里有个类似平台的东西，横跨整个隧道，再往前走，还有一个更小的通道，可以继续向前。平台正好位于地下河道的上方。我们还发现了类似检查井井盖的东西，而且不止一个。我想，它们的存在应该是为了防止下水道堵塞。如果下水道真的堵塞了，他们也只能派加冠者下来检查，因为这里比较狭窄，怪物"主人"会被卡住。

　　弗里茨说："威尔，这里空间足够。"

　　我表示反对："可这里太黑了。"

　　"我们只能克服一下。在这里待久一些就能适应了。我现在已经看得比较清楚了。"

　　我还是什么也看不见。但他说得对，我们只能克服一下，我们需要冷凝剂，而这里有的是，就在我们脚下欢快地打着旋儿。

　　我问他："那我们今晚就开始？"

　　"至少可以先把一部分材料搬进来。"

　　接下来的几天晚上，我们把设备搬了进来，开始努力工作。我们弄来了很多瓶子，它们是用一种类似玻璃的材料制成的，但质地柔软，轻轻挤压还会变形。我们的劳动成果就储存在这种瓶子里。平台上没有足够的摆放空间，我们就沿着通道一侧码放瓶子。我暗自祈祷这段时间地下管道千万不要堵塞，免得有人下来检查。不过，我的担心似乎是多余的。这套地下水系统显然是为突发事件设计的，从城市建立以来，恐怕就没使用过。

我们每天都很疲倦。隧道里虽没那么热，但强大的重力依然可以压垮人，我们还必须戴着烦人的面罩。我们睡觉的时间也很短。公共休息室每天只开放一段时间，大概十二个小时吧，我们还得轮流上去休息。如果休息室里挤满了人类奴隶，更是叫人心情沮丧。有一次，我累得像条死狗，却发现所有长凳上都有人。没办法，我只能躺在硬地板上睡了一觉，最后还是有人用手按住我的肩膀把我推醒的。我清醒过来，眨眨刺痛的双眼，揉揉酸痛的大腿，戴上面罩，硬撑着站起身，走到外面的绿色迷雾中。这时，天已经快黑了。

随着时间一天天过去，我们的酒精储量变得越来越多。我们有一个工作时间表，看目前的进度，我们能提前一个星期完成目标。但我们仍坚持继续提取酒精，因为总不能干等一个星期，什么也不做。再说，酒精的量越多，纯度越高，倒进怪物"主人"的供水系统后，就越容易起作用。机器人之城的内部储水池里有许多管道，至于哪一根通向饮用水系统，我们早已查明。现在就等事先定好的那一天、那一刻到来了。终于，时间到了。

我们的行动时间必须精准，但这也引出了一个大问题。我们不知道要过多久酒精才能起作用，也不知道酒精作用到什么程度，怪物"主人"才会发觉出了问题。但我们知道，三座城市之间时刻保持着联络，而我们绝不能让任何一座城市对外发出警报。所以，投放酒精的行动一定要同时展开，至少，时间不能相差太多。

不过，我们需要面对的最大问题是，地球是圆的，它时刻围绕着太阳旋转。白天，水源净化装置由怪物"主人"看管，他们分为三组，轮流照顾机器，晚上则让它自己运转。我们已经知道，三座城市中有两座可以选在晚间行动。一个是天刚黑，怪物"主人"已经下班的时间；另一个在天亮之前不久；而第三座城市只能选在正午前后行动。

毫无疑问，所有人一致同意，最大的难题只能留给我们这个小组。因为我们离总基地最近，算是占有一定优势；另外，我和弗里茨比较有经验，更了解城市内部的情况。所以，尽管怪物"主人"还在机器前当班，我们也必须想方设法完成任务。

我们想了很多办法。虽然说，我们经常用手推车拉着设备在这附近晃来晃去，新来的四个伙伴儿也习惯了同怪物"主人"打交道，他们甚至对"主人"十分轻蔑——我和弗里茨可不敢这样，我们俩还有过一段苦涩的回忆呢——但如果我们把瓶子搬出隧道，当着怪物"主人"的面把酒精倒进饮用水里，他们一定会盘问我们。毕竟，这是他们的工作，任何人类奴隶都得听从他们的指挥。

有个伙伴儿提议说，可以派一个人扮成信使，把当班的怪物"主人"骗走，让他们去别的地方。既然他们从不怀疑奴隶的话，那么他们一定会相信的。但弗里茨不同意这么做。

"这种口信太假了，他们一定会认为是奴隶搞错了。他们更有可能找其他'主人'核实，而不是直接去我们说的地方。要记住，即使隔着很远的距离，他们也能相互通话。就算他们相信了我们的话，我敢保证，他们也不可能都离开，至少会留下一个守着机器。"

"那该怎么办？"

"只有一个办法了。"我们全都看着弗里茨，然后我会意地点点头，"我们必须打倒他们。"

当班的怪物"主人"最多时有四个，但其中一个只是偶尔出现，我猜他应该是总管。一般会有三个"主人"值班，但经常会有一个缺席，因为他们要轮流去附近的花园水池里泡澡。虽然我们知道，他们鼻子和嘴巴之间的部位很脆弱，但我们六个人一次也只能对付两个"主人"，再多就不行了。在同等条件下，他们长得比我们高，力气比我们大，更何况城里还有人造重力，这使我们获胜的机会更加渺茫。我们没有武器，也不可能制造出武器。

我们把时间选在中午，大概在他们交班的时间。等其中一个"主人"爬上斜坡去花园水池泡澡后，我们就开始行动。这就是说，我们必须就近找个地方藏起来，既能迅速赶到，又能监视地洞入口。弗里茨想到了一个办法。头天夜里，我们把水池旁边树上的枝条剪下堆成一堆——这些树需要经常修剪，剪下的枝条就堆在一边，直到有奴隶来清理。我们可以在枝条堆里躲上一天，没有人会注意我们。于是，我们事先轮流去公共休息室养精蓄锐，然后偷偷地钻进枝条堆藏起来。这些枝条的质地就像海草，黏糊糊的，有弹性，还有点儿恶心，会让人起一身鸡皮疙瘩。弗里茨藏身的位置可以观察外面，其他人只好把自己埋在枝条堆里。我估计，如果时间太长，准能把人憋死。

结果，我们等待的时间果然很长。我躺在"草窝"里身体十分难受，眼前除了枝叶什么都看不见。我心里急得要死，想知道外面怎么样了，可又不敢吱声询问。而且，压在我身上的枝叶变得越来越热，大概已经开始腐烂，这让等待变得更加难熬。我感觉一条腿有点儿抽筋，但又不能动，无法放松肌肉。越来越疼了，我忍不住想揉捏一下大腿……

"就是现在！"弗里茨突然说。

周围没有别人。我们冲向斜坡，或者说，至少比平时挪得快一些。下到斜坡底部时，我们放慢了脚步。我们只能看到一个"主人"，另外一个正在一台机器后面，暂时看不到。我们走近他，"主人"问："怎么回事？你们来这儿做什么？"

"给您带个口信，'主人'。是这样……"

我和两个伙伴儿同时动手抓住"主人"的触手，另有两人抬起"主人"的脚。几乎就在同时，弗里茨猛地跳起，狠狠地一拳打中他的弱点。"主人"发出一声震耳欲聋的怪叫，然后身体栽倒，顺手把我们甩了出去。

我们本以为第二个"主人"会更难对付，但实际上，解决他反而更容易。他从机器后面绕过来，看到同事倒在地上，我们站在一边，问："出什么事了？"

按照惯例，我们"恭敬"地朝他鞠躬。弗里茨回答："这位'主人'受伤了，'主人'。我们不知道他怎么了。"

怪物"主人"完全相信奴隶的忠心，我们又一次利用了这个机会。这个"主人"既没有犹豫，也没有起疑心，他走过来，俯下身子，用触手检查他的同伴。这下，他的鼻子和嘴巴完全暴露在了弗里茨面前。弗里茨甚至不用跳起就直接挥出一拳。第二个"主人"连叫声都没发出便直接倒在了地上。

"把他们拖到机器后面。"弗里茨命令道，"然后继续行动。"

无须弗里茨催促，我们也知道时间紧迫。在第三个"主人"回来之前，我们有大概半个小时的时间。两个伙伴儿负责进入隧道把瓶子搬出来，其他人负责搬运，一次两瓶，把它们运到饮用水管道前，把酒精倒进去。我们总共准备了一百来瓶，十几趟就能搬完。无色的酒精一倒进水管便会与水融合，消失不见。我数算着自己搬运的次数。九……十……十一……

一只触手悄无声息地抓住了我。这个"主人"一定是在坡道顶端往下面看了一眼，发现不对劲儿，所以没有像往常一样啪嗒啪嗒地跑下来，于是我们什么都没听到。我们后来发现，他就是那个总管，今天是来例行检查的。他看到几个奴隶拿着瓶子把里面的东西倒进供水管，感到很好奇，于是旋转身体下了坡道——他们跑动起来都是这个样子。因为他只用一条腿一下一下地接触地面，所以几乎没有声音。等我发觉时，他的触手已经缠住了我的腰。

"小子，"他质问我，"你们在干什么？其他'主人'呢？"

一个叫马里奥的伙伴儿正在我身后，他吓了一跳，打翻了手中的瓶子。"主人"的第二只触手抓住了他，把他拎到半空。勒住我的触手变得更加用力，我感觉呼吸困难。另外两个伙伴儿见状冲了过来，可他们也无能为力。触手收得更紧了，我尖叫起来。"主人"挥起第三只触手，抽中了来自荷兰的伙伴儿吉恩。吉恩像个玩具娃娃似的飞了出去，撞在最近的机器上。"主人"又抓住了卡洛斯。我们三个像小鸡崽儿一样胡乱扑腾，却无法挣脱"主人"的魔爪。

"主人"不知道隧道里还有两个人，但这没能给我多少安慰。"主人"们一定会检查水源。我们本来就快成功了，可现在……

吉恩挣扎着站起身。我被头朝下地拎着，戴着面罩的头蹭到了"主人"的下半截身体上。我看到吉恩手里抓着什么东西，好像是个金属螺栓，大概六英寸长，几英寸宽，应该是检修机器用的。我想起来了——在被选中参加远征小组之前，吉恩正在接受训练，准备参加运动大会。他的项目是掷铁饼。可是，如果"主人"也看到他的话……我张开双手，一把抱住

"主人"离我最近的那条腿，用指甲使劲儿掐。

效果不大，就像马腿被蚊子叮了一下，可"主人"还是察觉到了，他更加用力地收紧触手。我疼得大叫，可越喊越觉得痛苦。我就快昏过去了。这时，我看到吉恩转过身体，绷紧肌肉，掷出了金属螺栓。接着，我什么都不知道了。

我醒来时，发现自己正靠着一台机器坐着。其他人没有浪费时间叫醒我，他们还在忙着搬瓶子。我浑身都是淤青，吸口气却感觉嗓子里像着了火似的。怪物"主人"倒在地板上，离我不远，嘴巴下面有道伤口，还在汩汩渗出绿色的液体。我看着他，精神恍惚。这时，他们已经倒完了最后几只瓶子里的酒精。弗里茨走过来说："把所有空瓶子都搬回隧道，免得再有人进来。"他看到我醒了，问我："感觉怎么样，威尔？"

"还好吧。已经干完了？"

他看着我，常年严肃的脸上竟然露出了一丝笑容。

"我想是的。没错，我们确实干完了。"

我们蹑手蹑脚地爬上斜坡，离开了地洞。在空地上，一个怪物"主人"看到了我们，但没有在意。我和吉恩走路有些困难。他有一条腿肿得很厉害，而我每呼吸一次，每动弹一下，身体都火烧火燎地疼。但在城里，这很正常。出于各种原因，很多奴隶走路都一瘸一拐的。第三个"主人"也被我们拖到了机器后面，跟另外两个放在一起。现在，第四个"主人"差不多也该泡完澡回去了。他会发现他们，或许还会拉响警报，但水源净化装置还将照常运转，生产饮用水，而混过酒精的水正通过供水管道流遍整个城市。

我们走了好远，尽量远离水源净化装置。我们找到一个公共休息室休息了一下，洗了洗澡。我喝了几口水，感觉没有异样的味道。科学家在卢奇身上做过实验，发现极少量的酒精便能让他昏睡过去，但我不知道我们准备的酒精够不够量。摘下面罩后，弗里茨帮我检查了伤势。他碰了碰我的身子，我缩了一下，差点儿叫出声。

"一根肋骨断了，"他说，"我想是这样的。我们得让你好受一些。"

公共休息室里有多余的呼吸面罩。弗里茨撕开一个面罩，用上面的皮带做成两副绷带，然后用它们包扎我受伤的部位，上下各一副。他叫我用力呼气，他好绑得紧些，多打几个结。他给我包扎时，我感觉更疼了，但包扎完就舒服多了。

我们等了半个小时才走出休息室。怪物"主人"的用水量很大，每个小时都要喝水。我们一边到处走，一边仔细观察。什么动静都没有。他们还是那么骄傲自大，从我们身边走过时，有的态度很轻蔑，有的根本不看我们。我有些灰心了。

经过一座金字塔时，我们发现一个"主人"正朝我们这边走来。马里奥下意识地抓住我的胳膊，我疼得抖了一下。不过，此时疼痛对我来说已经无关紧要了。只见怪物"主人"的三条小短腿摇摇晃晃的，触手在轻轻地颤抖。紧接着，他跌倒在地，一动也不动了。

第六章

火

潭

CHAPTER 6

　　发生了这种事，他们心里会怎么想？我已经无法得知答案了。他们就这样一个接一个地倒下了。或许他们会认为这是一场疾病，比如说"斯库劳兹的诅咒"，只是瘟疫有了新变种，发作起来更猛烈了。恐怕他们不会想到水里被下了"毒"。我们研究过卢奇，知道他们对食物和饮水中的任何有害物质都很敏感，他们是不会弄错的。"绝对"不会弄错？也不尽然。如果是未知的危险，你又该怎么预防呢？

　　于是他们醉倒了，先是步履蹒跚，然后纷纷倒下。一开始只有几个，接着越来越多，最后大街上躺满了丑陋又庞大的身体。人类奴隶在他们周围走动，神情悲切，惘然若失，有的还试图唤醒"主人"们。看得出，他们很害怕，更像是在乞求"主人"们醒过来。在一个广场上，倒着二十多个怪物"主人"，一个奴隶站在自己的"主人"身边，脸上流着泪，大声哭喊："'主人'都死了！我们的生命还有什么意义呢？兄弟们，我们一起去'快乐火葬场'吧！"

　　其他人朝他聚拢。弗里茨说："我就知道他们会这么做。我们必须阻止他们。"

　　马里奥问："怎么阻止？再说，为什么要阻止他们？"

　　弗里茨没有回答。他纵身跳上一个石头平台，那本是供怪物"主人"平时做冥想用的。弗里茨大喊道："不，兄弟们！他们没死。他们只是睡着了，很快就会醒来。他们需要我们的照料。"

人们开始犹豫。刚才号召大家的奴隶问："你怎么知道？"

"因为在这事发生以前，'主人'告诉我了。"

这句话起了关键作用。奴隶之间或许会相互撒谎，但绝不会说有关"主人"的谎话。从没有人这么做过。人们有些困惑，但悲伤的情绪有所减缓。他们散开了。

既然"投毒"计划已经成功，我们必须开始下一步的行动了。第二步行动同样重要，因为我们知道，麻醉现象只是暂时的。我想，趁怪物"主人"昏迷不醒，我们倒是可以把他们一个个都杀掉，但在他们醒来之前，我们没法找到并杀死所有"主人"……更重要的是，其他人类奴隶不会让我们这么做。只要"主人"没死，就算他们不省人事，金属帽子的效力依然存在。

所以，我们必须找到这座城市的心脏，并且摧毁它。我们已知道，这座城市的心脏就是弗里茨最初发现的那些机器，它们掌控着城市的能源：热量、光照，还有重力——就是那种让我们的身体像铅块一样沉，行动起来非常吃力的神奇力量。我们朝那些机器所在的方向走去。前面还有好长的路，卡洛斯建议我们找辆"主人"开的车子。弗里茨说不行。奴隶们开车是为了接送"主人"，不会用作其他用途。如果我们开车，"主人"们虽然不会管，但其他奴隶会看到，谁知道他们到时会有什么反应呢?

　　我们沿着第二大街艰难地朝 914 号坡道走去。要想到那儿,需要穿过城里最大的一座广场,广场里有许多华丽的花园水池。914 号坡道很宽阔,直通地下,地上则是一座金字塔,它比周围的金字塔都高大。金字塔下方有许多机器,不停地发出巨大的轰鸣声,让我们脚下的土地都微微颤动。我怀着敬畏之心朝地下深处走去。这个地方从不允许人类奴隶靠近,所以我们也是第一次来。这就是整座城市跳动的心脏——如今,我们不但来了,还要破坏它,胆子还真不小呢!

　　斜坡直通一个大地洞,至少比我们以前见过的地洞大两三倍。地洞为圆形构造,由一个位于中心的圆和周围的三个巨大的半圆组成,每个半圆结构的地洞中都陈列着许多大型机械设备。机器前方的面板上足有几百个复杂的仪表盘。地板上横七竖八地躺着许多怪物"主人",他们应该是这些机器的管理人员。有些"主人"正在岗位上工作,结果却醉倒了。我看到其中一个"主人"的触手还缠绕在一根杠杆上。

　　这些机器的数量及复杂程度让我们眼花缭乱。我在找有没有开关可以关掉机器。可惜,没有。这些机器闪烁着暗淡的古铜色光泽,无法撼动,表面连条缝隙都没有,仪表盘上也覆盖着坚实的玻璃。我们在机器间走来走去,试图寻找薄弱环节,但怎么都找不到。就算怪物"主人"都倒下了,他们的机器还是可以藐视我们,不是吗?

　　弗里茨说:"也许中间那座金字塔……"

他说的金字塔位于地洞中间的圆形构造的中心，底边是个等边三角形，边长大概有三十五英尺，顶点的高度超过三十英尺。我们一开始没注意它，因为它怎么看也不像是机器。金字塔的一面有个三角形门洞，高度足够怪物"主人"通行，其他方面毫无特色。只不过，它周围没有一个倒地的怪物"主人"。

金字塔跟那些机器一样，都是用古铜色的金属制成的，但我们接近它时没听到嗡嗡的轰鸣声，只有一种微弱的嘶嘶声，音量忽高忽低，音调忽强忽弱。门洞里面是空的，只显出金属的颜色。原来，金字塔里还有一座小金字塔，二者之间有一段空隙，形成了一条通道。我们走进通道，发现小金字塔的另一面也有个门洞。再走进去，小金字塔里还有个更小的金字塔。

最里面的小金字塔上也有门洞，跟最外面的金字塔的门洞处于同一方向的面上。门内闪着一簇簇光。我们刚走进去就被眼前的景象吓得目瞪口呆。

金字塔内的地面几乎完全被一个圆形的大坑占据，光就是从坑里发出的。那光是金色的，就像"追球赛"使用的金球的颜色，只是颜色更深，亮度更高。坑里像着火了似的，液态的"火"缓缓流动，一起一伏，随之发出忽高忽低的嗞嗞声。我有一种感觉——这就是机器人之城的能源中心，源源不绝、无穷无尽的能量就是由它产生的。

弗里茨说："我想就是它了。该怎么让它停下呢？"

马里奥说："在那边……你们看到了吗？"

在对面较远处，有个细长的圆柱体，大概一人来高，顶端探出个什么东西。是根杠杆吗？不等其他人答话，马里奥已经绕过大坑走了过去。我看着他走到那东西旁边，伸手碰了一下杠杆——然后，他死了！

他没有发出任何声音，或许他连发生了什么都不知道。他的手刚搭到杠杆上，十几簇白炽的火苗便沿着他的手臂蹿遍他全身，之后又聚拢成一团。他愣愣地站在那里，片刻之后才扑通一声栽倒在地。我看到他的手臂把杠杆带了下来，随后，他的手一松，摊在了地上。

其他人吓了一跳，发出一阵惊恐的呼叫。卡洛斯正要过去，弗里茨说："别动。已经没用了，你也会被烧死的。你们看！坑里……"

火光开始熄灭，速度很慢，仿佛极不情愿似的。大坑底部依然火光摇曳，但火球表面先是变成亮银色，然后渐渐变暗。嗞嗞声也越来越小，慢慢地化成一阵低语，直至一片寂静。大坑深处的火光变成了暗淡的深红色。之后，火坑里出现点点黑斑，随后逐渐增大，连成一片。最后，我们站在那里，周围静谧无声，一团漆黑。

弗里茨小声说道："我们必须走了。抓住身边人的手。"

就在这时，我们脚下的地面剧烈地颤抖起来，就像发生了小规模的地震。紧接着，一直压迫我们的重力突然之间消失了，我们的身体得到了解脱，不再像铅块一般沉重。我的身子轻松了许多，好像有上千只气球绑在我的神经和肌肉上，让我飞了起来。这可真奇怪。突如其来的轻松反而让我觉得异常疲倦。

我们拖着脚步，一路摸索着穿过几层金字塔迷宫，简直是瞎子领着瞎子。回到地洞里时，里面也是一片黑暗，灯光全部熄灭了。在黑暗与静寂中，我们没有听到机器的轰鸣声。弗里茨领着我们，朝他认为的出口方向走去，结果我们撞到了一排机器。我们又沿着机器走，伸手一摸，周围全是钢铁。弗里茨有两次碰到了怪物"主人"的身体，我排在队伍的末尾，有一次踩到了一只触手。触手在我脚下，感觉滑溜溜的，令人作呕。我差点儿吐了出来。

终于，我们找到了出口，走上了通往地面的斜坡，面前是暗淡的绿色阳光。我们加快脚步，前方越来越亮，很快就不用再牵手了。我们出来后走进了一个广场。这儿有很多花园水池，我看到几个怪物"主人"漂在水面上，心想他们是不是已经被淹死了。但这已经不重要了。

在下一个十字路口，我们迎面遇上三个人。是人类奴隶。弗里茨说："我想……"

他们看上去神情恍惚，仿佛还在梦中——虽然已经醒了，但还没有完全清醒。弗里茨说："你们好，朋友们。"

其中一人回答："我们该怎么离开这个……这个鬼地方？你们知道路吗？"

这是一句很普通、很简单的回答，但我们一下子全明白了。身为奴隶，一生只为效忠怪物"主人"，不可能想离开这地狱般的"天堂"。此刻他们却想离开，这说明枷锁已经被解除了，他们头上的金属帽子失去了效力，跟我们戴的冒牌帽子没什么两样。他们现在是自由人。如果城里是这种状况，那么，外面的世界一定也一样。我们不再是孤独的逃亡者了。

"我们会找到的。"弗里茨说，"你们也可以帮帮忙。"

我们跟他们三个一边谈话，一边朝停放三脚机器人的大厅走去，城市的出口就在那边。他们十分困惑。他们还记得加冠后都发生了什么，但觉得那一切简直不可思议。他们之前竟然心甘情愿地服侍怪物"主人"，现在想来，他们觉得那绝不是真正的自己。现在他们清醒了，就像曙光终于到来，燃起了他们心头的烈焰。走着走着，他们三个停下了，有两个怪物"主人"肩并肩倒在那里，我本以为他们会冲上去暴打那两个"主人"。可是，他们看了很久，随后把脸转到一边，拖着颤抖的身体走开了。

我们又遇见了许多加冠者。他们有一些加入了我们的行列，有一些或漫无目的地走来走去，或眼神呆滞地坐在地上。有两个人在大喊大叫，胡言乱语，不知怎么，怪物"主人"的力量还在影响着他们，这样下去，他们可能会变成"流浪者"。还有一个人躺在一条斜坡的边缘，估计情况和他们一样。不过，他摘掉了呼吸面罩，脸痛苦地扭曲着，已经死了——他吸入了有毒的绿色气体，窒息身亡。

我们的队伍已有三十多人。我们来到城市边缘，走上一条螺旋形坡道，它通往一处平台，再往前就是入口大厅了。我还记得，第一天进入这座城市时，我们就是从这里下来的，当时我的膝盖不停地摇晃，但我努力让自己站得笔直。我们走到平台上，这里的高度已经超过了那些小型的金字塔。前面有扇门，穿过它就进入那个能转换气体的房间了。穿过气密室，我们就能自由地呼吸空气了。我走在其他人前面，按下一个小按钮，它能打开气密室的大门。可是，门没开。我又按了一下，没反应。再按，还是不行。弗里茨走上前来，他说："我们应该记得，整座城市的能量都来自那个火潭，包括开动车子和开关每扇大门的动力。可它现在不起作用了。"

我们只好对着大门又敲又砸，可是没有用。有人找来一个铁块砸了几下，大门表面出现了一些凹坑，可门还是打不开。一个新伙伴儿说话了，声音带着担忧："我们被困住了！"

真会这样吗？天色已经变暗，下午快要过去了。再过几个小时，天就要黑了，城市将陷入黑暗，没有一丝光亮。随着能源被切断，不仅机器不再运转，连热量也消失了。如果继续变冷下去，不知道怪物"主人"会不会被冻死，或者，没等温度降到更低，他们就会苏醒过来？如果他们醒过来重新点燃火潭的话……不行，我们不能就这么放弃！

我还想到了别的事情。如果气密室的大门打不开，那么，其他金字塔里的公共休息室的门也一样，我们就没地方吃饭和喝水了。更重要的是，我们将没法更换面罩里的过滤海绵，那么我们所有人都会被憋死，就像倒在坡道边缘的那个人一样。想到这儿，我看了看弗里茨，瞧他的表情，他跟我想到一块儿去了。

有个人还在用铁块砸大门，他说："只要我们不停地砸，多费点儿时间，大门会被打开的。你们可以找些工具，我们一起用力砸。"

弗里茨说："没用的。就算砸开这扇门，里面还有一扇。再往里才是入口大厅。想要进去，只能通过一间可以上下移动的房间，而它现在不会工作了。从这边，我们是出不去的。不久就没有光亮了……"

一片沉默，这说明我们都同意他的话。砸门的人不再挥动铁块了。我们站在那里，一动不动，心情沮丧到了极点。卡洛斯抬头看向巨大的水晶穹顶。那是个半透明的绿色"水泡"，覆盖着下方由坡道和金字塔组成的钢铁迷宫。

"如果我们能爬上去，"他说，"在那上面打个洞……"

吉恩坐了下来，放松一下受伤的大腿。他说："如果你愿意的话，可以踩着我的肩膀爬上去。"

这个笑话很冷，苍白无力。没有人笑。没有人有心情笑。我深吸一口气，却不小心顶到了扎着绷带的肋骨，疼得身子一缩。我在想有没有别的办法，脑子里却只有一句话转来转去："我们被困住了……被困住了……"

这时，一个加冠者说："我知道一条路。"

"什么路？"

"我的'主……'"他迟疑了一下，"他们……中的一个告诉我的。他的工作是检查穹顶，我替他背东西。城墙顶上有一圈儿岩架可以接近水晶穹顶内部。"

我说:"但我们永远别想打穿穹顶。那些机器仪表盘上的玻璃就够硬了,穹顶肯定比它更硬。我怀疑,我们连一道刮痕都弄不出来。"

"可我们必须试试。"弗里茨说,"除了地下河,我想不出还有别的路。"

我居然忘了地下河。我兴奋地看着弗里茨。

"是啊!嘿,干吗不试试它?从地下河游出去!"

弗里茨摇摇头:"不行。一旦怪物'主人'醒来,我们就没法再进来打败他们了。不管怎么说,这是唯一的机会,我们必须摧毁这座城市。"

我点点头。乐观的心情来得快,去得更快。地下河?还是别指望了。

我们走下斜坡,这次由"新向导"带路。经过一个花园水池时,我们找到了几根金属棒——它们原本是用来引导一种爬蔓植物,让它沿着水池边缘生长的。我们没费多少力气就把铁棒拧了下来。离开之前,我突然发现一个怪物"主人"动了一下,也许是我神经过敏,因为只是触手颤抖了一下,但这是个不祥之兆。我告诉了弗里茨,他点点头,催促"新导游"走快些。

这片城区地势较高,有很多高挑细长的金字塔,很少有奴隶会到这儿来。这儿也有一道斜坡,紧紧贴在金色城墙上,坡道狭窄,坡度极陡。关于这一切,那人已经警告过我们,并且说，他也不清楚自己之前是怎么爬上去的——如果不是怪物"主人"亲自下令，打死他，他也做不到的。现在，城里的强大重力已经消失，爬起来没那么吃力了，但由于坡道两边没有栏杆，随着我们越爬越高，脚下和旁边的深渊仿佛张开的大嘴，那种景象十分吓人。我尽量贴近高墙闪光的表面，只是向下看一眼，就吓得魂飞魄散，再也不敢往下瞧。

我们终于抵达了墙顶的岩架。岩架上同样没设栏杆，宽度不超过四英尺。怪物"主人"肯定不知道什么叫"恐高症"。岩架位于墙面内侧，贴着高墙延伸出去，直至视线的尽头。水晶穹顶的底部在岩架上方，高出岩架大概八英尺。当然，对怪物"主人"来说，这点儿高度不算什么，跟他们的眼睛几乎等高，但对我们来说就不一样了……

我们试了试。有人蹲在下面，让同伴踩着自己的后背爬到肩膀上，然后他站起来托起上面的人，两人都摇摇晃晃的。因为肋骨很疼，我没有参与，但光是看着就让我很害怕了。岩架仿佛也在颤抖，它距离地面有二三百英尺高，恐怕一个不小心就会有人摔下去。位于上面的人敲了敲水晶穹顶与金属高墙的连接处，说那里找不到一丝接缝，用铁棍也不可能砸出裂痕。另一组人离他们远一些，再过去是第三组，但他们都找不出任何办法。

弗里茨说："我们歇一会儿。"他转向我们的"向导"，说："你当时就是在这儿跟'主人'见面的？"

那人摇摇头："没有，我没见到他。他下令叫我带食物和

'泡泡'来，放到这里就行。我看不需要留下就走了。"

"你没看到他？在岩架远处也没有？"

"没有。他可能离我太远，我看不到。"

"如果他在高墙另一侧，你也看不到的——当时他可能在外面。"

"外面是我们的空气，他们会无法呼吸的。当时他没带呼吸面罩。"

弗里茨说："他们不但要检查城墙内侧，恐怕连外侧也不能放过。我们有必要找一下。"他抬起头扫视水晶穹顶。太阳像一个苍白的圆盘，正朝西方落去。"除非你们有更好的想法。"

没有人说话。我们按顺时针方向沿着岩架往前走，寻找可疑的迹象。我的右边是陡峭的悬崖，下方就是城市的街道。有些小型金字塔看上去就像锐利的长枪，如果谁不小心掉下去，准会被穿个透心凉。高高的落差让我头晕目眩，胸口的伤变得更疼了。我害怕自己掉下去，想转身往回走，因为以我现在的身体状况，恐怕帮不上大家的忙。但要是回去，就要离开我的伙伴们，那会让我感觉更糟。

我们继续往前走。上来时爬的坡道被我们抛在身后，渐渐变得模糊。我想，我们什么也找不到的。如果怪物"主人"走到我们现在的位置，那个人一定也看不到他。就在这时，弗里茨说："那儿有东西！"

其他人挡住了我的视线，但片刻之后，我看到了他说的东西。在前方，岩架到了尽头，或者说，有东西取代了它。那东西建在高墙上，占据了整个岩架的尽头，好像是个碉堡，上面还有门。只是这扇门上没有按钮，只有一个转盘，和高墙一样，也是用金灿灿的钢铁制成的。

我们聚拢过去，顾不得高空带来的头晕目眩。弗里茨试着转动转盘，一开始它纹丝不动，然后他换了个方向。转盘动了，虽然动得不多，但给了我们希望。弗里茨继续转动，用尽全力，转盘又动了一点点。几分钟后，弗里茨退后，换其他人接着转。就这样，大家轮流旋转转盘。转盘转得很慢，但一直在动。终于，它旁边出现了一道裂缝。门开了。

等到门缝足够宽，弗里茨挤了进去，其他人随后跟上。门后的房间里有光，一部分是从门缝里照进来的，另一部分则是从屋顶一扇方形的窗户射入的。我们可以清楚地看清四周。

这个碉堡嵌在高墙之上，朝墙的内外两侧各凸出一部分。房间里空荡荡的，只有几个箱子和一个架子，箱子大概是用来装机器设备的，架子上面有十多个面罩，是给怪物"主人"准备的，他们戴上后就可以呼吸人类的空气了。

弗里茨指着架子说："面罩存放在这里，所以他们不用随身携带。"他又看看整个房间，"他们没有把电力接入这里，说明没有必要。这些门都是手动开启的。"

对面还有一扇门，正对着我们进来的那扇，大概通往岩架的另一端。而在那两扇门所在的墙面的另一端，也有两扇类似的面对面的门。这两扇门一定通往相同的岩架，不过是在高墙的外面。我说："如果这是一间气密室……换气也需要电力啊。"

"我觉得不需要。还记得吗？他们的空气密度比地球上的大，只需一个压力控制阀就能解决换气问题。再说，这个房间里的地球空气跟整个穹顶里的空气比起来，简直微不足道，所以不需要电力。"

吉恩说："那我们只要打开另一端的门就行了。还等什么？"

弗里茨把手放到转盘上，双手用力，朝右边使劲儿。随着他全身发力，他的肌肉鼓胀起来。过了一会儿，他歇了一下，然后继续用力。可什么也没发生。他后退一步，伸手擦擦额头。

"换人试试。"

其他人也转不动。卡洛斯说："太扯淡了。这扇门跟其他的一模一样，连转盘都一样，怎么就转不动呢？"

弗里茨说："先等等。我明白了。得把内侧的门先关上。"

房间里有个转盘对应之前的门。尽管要转动转盘十分费力——它们是为怪物"主人"设计的，而非人类——但最后，房门还是被牢牢地封上了。

"这回再试试。"弗里茨说。

他再次扳动外门的转盘。这一次，它动了。慢慢地，慢慢地，外门裂开一道窄缝儿，然后缝隙逐渐变大。房内的气体泄漏出去时发出呼呼的哨音，气体流动形成的冷风掠过我们的身体。很快，我们看到了岩架的另一侧。在穹顶外面，地球的景色展现在我们眼前：有田野，有河流，还有远处突起的古代都市废墟。明亮的阳光刺得我们直眨眼睛。

弗里茨说："怪物'主人'也会犯错误，所以他们想出这个办法，以防止城里的空气泄漏。如果里面的门不关上，外面的门就打不开。我相信，反过来也一样。现在试试里面的门能不能开。"

有人试了试，果然不行。很明显，弗里茨说对了。

卡洛斯说："只能开一扇门……那另一扇门只好砸开了？"

弗里茨检查了一下打开的外侧大门。

"没那么容易。你们来看。"

房门大概有四英寸厚，用硬邦邦、亮晶晶的金属制成，其材质和金色高墙一样，表面光滑、平整，而且严丝合缝，一旦关紧，连空气都跑不出去。弗里茨拿来一根铁棍，举起来朝门上砸了几下。结果，我连一道刮痕都没看到。

我们又去另一边检查。我们可以关上内侧大门，这样，房间里就会充满地球的空气，可以让我们摘下面罩呼吸，不用担心窒息身亡。但在这里，我们没有食物，也没有水——更重要的是，没有办法从陡峭的高墙上下去。无论如何，我们必须想办法打破城市的外壳，不然，怪物"主人"很快就会苏醒，重启火潭，恢复城市的动力。

我们都看着房门。卡洛斯说："内门和外门不太一样。内门是朝城里开的，而外门朝外面开。"

弗里茨耸耸肩："因为门内外有气压差，这样设计比较容易开门。"

卡洛斯蹲下来，用手指抚弄房门和墙壁的连接处。

"房门本身太坚固，没法打破。不过这些铰链嘛……"

铰链大部分嵌在连接处内部，有几段暴露在外面，细细的，涂了油，闪闪发光。或许怪物"主人"每次来都会涂点儿油，检修一番，所以不想让我们接近这里。

弗里茨说："我想，我们可以把铰链拆了。可要拆铰链，门必须开着，也就是说，内门还得紧闭。这不都一样吗？"

"不用完全拆掉。"卡洛斯说，"只要我们把它弄得松一些，然后把外门关上，再打开内门……"

"打开内门之后，从里面应该可以把外门敲掉。至少可以试试。"

他们立刻动手，每组两人，敲打铰链的接口。这活儿也不太容易，但他们突然发出胜利的欢呼声，说明第一根铰链已经断了。其他人继续努力。他们有计划地敲断铰链，只留下最顶上和最底下的两根，然后扭动转盘，关闭外门，又打开内门。

"好了。"弗里茨说，"现在我们一起用力砸上面和下面。"

他们挥舞着铁棒，砸得砰砰作响。弗里茨和卡洛斯先开始，砸累了就换下一组。他们轮流着上，累了就换人。时间一分一秒过去，铁棒敲在铁门上发出单调无聊、一成不变的锵锵声。从屋顶上的方形天窗望去，天色渐渐变暗，暮色笼罩过来。我有些担心，如果怪物"主人"们醒来，开始四处走动，虽然头很晕，却知道自己要干什么，那该怎么办？……他们会不会走向已经熄灭的火潭，让火焰再次舞动跳跃起来……我急忙说："要不换我来？"

"你受伤了，这忙你帮不了。"弗里茨说，"好吧，卡洛斯，你跟我再来。"

敲打声继续响起，一声接一声。这时，我听到了别的声音，好像是铰链在嘎吱作响。这声音响了一下，接着又响了一下。

"再加把劲儿！"弗里茨大喊。

一阵金属断裂声响起。两根铰链同时断开。门开始朝外倾倒，我看到了一线天空，灰蒙蒙的。这也是我看到的最后一样清楚的东西，因为随着大门朝外倾倒，一阵狂风突然席卷整个房间。穿堂风从内门吹向外门，大风把我们向城外推去。有人大喊一声："快卧倒！"我已经倒在地上了，这下好多了。我感觉狂风在撕扯我的后背，我只能趴在原地，一动也不敢动。风声怒号。我从没听过这样的风声，它只有一种调门，一成不变，尖利刺耳，无止无休。在呼啸的风声中，谁也说不出话。尤其我精神恍惚，连讲话的心思都没有。我看到其他人横七竖八地倒在地板上。狂风刮了这么久，风力竟然一直没有减弱，真是不可思议。

狂风终于变小了。另一种声音盖过了风声。那声音很尖锐，远远地传来，很大声，比风声更吓人，仿佛天空被撕裂成了无数碎片。又过了一会儿，风停了。我跟跟跄跄地站起身，只觉得肋骨更疼了，刚才摔在地板上时一定撞到了伤口。

我们几个人走到内门门口，静悄悄地往城里观瞧，惊讶得说不出话来。水晶穹顶裂开了，一道参差不齐的豁口直穿穹顶中心，还有几块很大的碎片残留在高墙上。巨大的碎片大都落进了城里，其中一块把"追球场"整个盖住了。我转过身去看弗里茨，他独自一人站在外门旁边。

我说："成功了。怪物'主人'一个也活不成了。"

他的眼中涌出泪花。是喜极而泣吗？我心想。但看他的表情，完全没有欣喜的意思。我问他："出什么事了，弗里茨？"

"卡洛斯他……"

他伸手指着空空的门洞。我惊恐地叫道："不！"

"大风把他卷走了。我想拉住他，但我没抓到。"

我们一起往外看。高墙立在我们脚下，就像一道绝壁悬崖。下方很远处有个小小的金色方块，那是掉落的外门。它旁边有个小黑点……

我们摘下面罩，呼吸新鲜的地球空气。机器人之城里的绿色气体已经漏光，消散在外部世界广袤的大气层中。我们顺着岩架往回走，走下陡峭的坡道，返回城里。我很高兴，幸亏我们没折腾到更晚。光线渐渐变暗，周围已经看不清了，我更是头昏眼花。终于，我们来到了地面上。

金字塔里的公共休息室还是打不开。不过，有些仓库的门没关，我们找到了贮存的食物。我们打开食品包装箱，吃了些东西。城里有几处饮水喷泉，本来是为过路的怪物"主人"准备的，以免他们口渴。我们找到喷泉，每人喝了点儿水。怪物"主人"的尸体三三两两地横在夜色中。越来越多的加冠者加入我们的队伍，他们有的很害怕，有的脑子依然混乱，还有一些人则被掉落的穹顶碎块砸伤了。我们尽可能地照料他们。现在是春天，但晚上还是有点儿冷，我们随意地躺在地上睡觉，虽然不太舒服，至少可以看看头顶闪耀的群星。这可是地球夜晚的星星啊，它们如钻石般闪闪发亮。

第二天早晨，我们被冻得直发抖，我和弗里茨商量接下来怎么办。我们还是进不去入口大厅，总不能把门都砸开吧？那样太慢了，能把人活活累死。虽然高墙上也有城门，那是供三脚机器人进出的，但想打开它更是不可能。当然了，我们还可以从地下河游出去，但也没那么容易，以我现在的伤势，那简直就是自杀。我说："我们可以找东西绑在一起，做成一条绳子——城里有不少库存的材料，就是他们给奴隶做衣服用的材料——然后去那个房间，从城墙上吊下去……"

"那得做一条好长的绳子。"弗里茨说，"这办法比游地下河还危险。不过我想……"

"什么？"

"反正怪物'主人'都死了。如果我们把火潭重新点燃……"

"怎么点？还记得马里奥吗？"

"当然记得。那种能量烧死了他。不过，那开关还是可以起作用的。"

"……通过触手。怪物'主人'的身体构造跟我们的不一样，所以能量不会伤到他们。我们要不要砍断一只触手，用它推动杠杆？"

"是个办法。"弗里茨说，"但跟我想的不太一样。马里奥碰到杠杆的时候，火还在燃烧。后来它慢慢地熄灭了。如果火烧起来也比较慢的话……你明白我的意思吗？在火烧旺以前，应该不会有危险。"

我慢慢地说："有道理。我去试试。"

"不。"弗里茨坚决地说，"让我来。"

我们俩走下坡道，进入布满机器的地洞大厅。地下一片漆黑，我们只能一边摸索，一边朝中央的金字塔前进。这里有股奇怪的腐烂树叶的味道。十分不幸，我突然绊倒在一具怪物"主人"的尸体上，这下我知道味道是从哪儿发出的了。尸体开始腐烂了。在洞里，尸体腐烂的速度比在外面大街上快得多。

第一次，我们完全错过了金字塔，直接闯进一处半圆形的机器库房。第二次，我们找得比较准。我摸到了光滑的金属壁，大声叫弗里茨过来。我们一起摸索着来到金字塔的门洞前，穿过同心金字塔组成的迷宫。这里并不比地洞大厅的其他地方更黑，我却更加害怕。金字塔重重叠叠，防守如此严密，总有一些原因吧——是不是为了防止有人靠近火潭呢？我们正慢慢靠近曾经火焰熊熊的大坑。

我们来到第三个门洞前，弗里茨说："威尔，你留在这儿，不要再往前了。"

我急了："别犯傻了。我当然要进去。"

"不行！"他语气平淡，却掷地有声，"你才别犯傻！如果我出了什么事，你就要负起责任了。你要找到更安全的路，带大家出城。"

我不吭声了。我明白，他说得对。我听到他贴着墙边挪过去，避开中间的大坑。他走得小心翼翼，所以用了很长时间。终于，我听到他说："我找到那根圆柱了。我碰到了开关。现在抓到了。我把它推上去了！"

"你没事吧？快点儿回来，以防万一。"

"我做完了。可什么也没发生。没有点火的迹象。"

我也什么都看不见。我把目光投向黑暗的深处。也许火焰熄灭的时间太长了。也许还需要别的工序，只是我们不知道该做什么。弗里茨的声音里充满失望，他说："我往回走了。"

我伸出一只手接应他，他抓到我了。他说："我们再想想绳子或地下河行不行吧。真遗憾，我本以为我们能控制这座城市。"

突然，我看到了点点火光。一开始，我以为是自己眼花了。在黑暗中，有时我会产生类似的幻觉。"等一下……"我告诉弗里茨，"快看啊！"

他在我的指引下转过身，我们俩一起瞪大了眼睛。在大坑深处，一道火花进射出来，接着是第二道、第三道。火化越来越亮，随后慢慢汇聚起来，发出红热的光。我们正看着，火势便蔓延开来，火焰舞动着，跳跃着，咝咝声再次响起。接着，大坑映出荧荧火光，光芒照亮了整座金字塔。

第七章

夏日乘风

CHAPTER 7

怪物"主人"都死了，城市却复活了。

让我们的身体如铅块般沉重的重力又出现了，但我们并不在意。地洞大厅里亮起绿色的灯光，机器轰鸣起来，再次运转，只是我们不知道它们各起什么作用。我们俩在大街上发现了一辆车。我们爬上车，朝其他人待着的地方驶去。他们站在那里，瞪眼看着我们。城市的围墙附近升起了绿色的雾气，这说明为怪物"主人"生产空气的机器又开始工作了。不过，这回它们对我们而言不再有危险了，因为雾气一升至破损的穹顶便立刻消散在无垠的蓝天之中。

我们把大伙召集起来，一同出发，再次前往这座城市的入口大厅。这一次，我们按下按钮，大门开了。进入大厅，我们发现了一些加冠者，他们的职责是接待新来的奴隶。他们还不清楚发生了什么。大厅被封闭了十八个小时，空气已经非常浑浊，但除此以外，他们的身体没有大碍。他们告诉了我们如何操纵那些上上下下的房间、如何打开城门。

我说："三脚机器人……外面一定还有不少三脚机器人。它们可能正等在城外，如果打开城门……"

"等在城外做什么？"弗里茨反问，"它们已经知道穹顶破了。"

"如果三脚机器人进来怎么办？里面的怪物'主人'应该戴着呼吸面罩。为他们生产空气的机器又开动了，他们肯定会做些什么，比如重修穹顶。"

弗里茨转向一个奴隶，那人刚才告诉了我们怎么打开城门。弗里茨说："停靠机器人的大厅里充满了人类的空气，而怪物"主人"需要呼吸绿色的气体，那他们是怎么进入有绿色气体的空间的？"

"三脚机器人的头部有道门，跟大厅内部房间的通道等高。他们会从通道进去。"

"通道入口是在外面吗？"

"不，在这边。'主人'一旦下令，我们就按下一个按钮打开通道。"那人指着墙上的一个网格说，"他们的声音会从那里传出来，那时他们已经走出三脚机器人了。"

"你留在这里。"弗里茨说，"选几个人跟你一组。等一下有人会来接替你们，然后，你们的职责是看住通道，不要打开出入口。明白了吗？"

他的话语中带着权威感，让人不由自主地服从，所以没有人会反对他下的命令。我们六个人潜入城市，如今还剩下四个，城里的人都很尊敬我们，很听我们的话。尽管金属帽子已经失去了效力，他们不再把怪物"主人"看作神明，但我们毕竟打败了怪物"主人"，这一点让他们十分敬畏。

其他人走进会移动的小房间，下到停放三脚机器人的大厅。大厅里，绿色的吊灯还在发光，但墙壁上有个开口，宽超过五十英尺，高足有宽的两倍，阳光倾泻进来，完全盖过了绿色的灯光。三脚机器人贴着大厅墙壁一字排开，一动不动，里面大概没有怪物"主人"。在它们面前，我们又成了小矮人。别看我们个子小，却是它们的机器人。我们穿过大厅，吉恩紧紧地抓着我的胳膊。在我们对面，一个三脚机器人正在俯视我们。

弗里茨大喊道："尽可能分散开！不要聚在一起！如果它进攻，不要让它把我们都抓住。"

但三脚机器人没有动，它的触手下垂，软绵绵的，毫无生命力。如果怪物"主人"在里面，它一定会动起来。过了一会儿，我们意识到它已经"死"了，于是放下心来。我们放下戒心，在它脚下走来走去，有些人还爬上机器人的金属长腿，高兴得一边呼喊，一边欢笑。

弗里茨对我说："我本以为他们在机器人里会有足够的空气，还有食物和饮用水，能挺上更长时间。实际上，他们确实应该有这些，因为他们从前一出城就是好几天，甚至几个星期。"

"那能说明什么？"我说，"他们都死了。"我很想加入庆祝的人群，也想爬到机器人的腿上，但我告诉自己那样做实在太幼稚了，"也许他们的心都碎了！"

（或许，我的玩笑话跟事实相去不远。后来我们知道，在城中火潭熄灭后的几个小时里，所有的三脚机器人都停止了工作。科学家检查了机器人内部的怪物"主人"的尸体，但他们找不出怪物"主人"的死因，只能说，他们死于绝望。毕竟，他们的思维方式跟人类的有很大差别。）

外面阳光明媚，仿佛老天也在庆祝我们的胜利。蔚蓝的天空一碧如洗，广袤无垠，一团团蓬松的云朵高挂长空，却没有遮住太阳。微风轻拂，送来融融暖意，以及春天万物生长的气息。我们走出城，绕着城墙转了大半圈儿，回到河边我们曾经的前哨基地。我们走近时，发现有人在冲我们招手。这时我们才意识到，躲躲藏藏、偷偷摸摸的日子已经一去不复返了，地球属于我们了。

安德烈也在那儿。他说："干得漂亮！我们本以为你们会被困在城里。"

弗里茨向他讲了我们是怎样重新点燃火潭的。安德烈仔细地听着。

"这样就更好了。我们的科学家会乐疯的。这就是说，敌人的秘密等于全向我们公开了。"

我想舒展一下身体，但拉到了受伤的肋骨，我疼得一缩。我说："他们有的是时间，可以慢慢研究。我们只是让事情变得更容易了些。"

"并不容易啊。"安德烈说，"这里是赢了，但外星人可能很快就会发动反击。"

"你是说另外两座城市？"弗里茨问，"我们要过多久才能得到那边的消息？"

"已经得到了。"

“可是信鸽有这么快吗？”

“无线电波的速度可比信鸽快多了。虽然我们不敢用无线电传递情报，但可以监听怪物‘主人’发送的信息。有两座城市已经断了消息，可第三座还没有停。”

“东方的城市？”我想起来了，“那些黄种人失败了……”

“不，不是他们。”安德烈说，“是西方的城市。”

进攻西方城市的是亨利他们。我想到亨利，又想到了我们失去的两位同伴儿，晴朗的天空好像一下子变得乌云密布。

幸好，亨利还活着。两个月后，在城堡里，他对我们三个——弗里茨、竹竿儿，还有我——讲了事情的经过。

从一开始，他们的行动就充满了艰辛。他们选中了六个人，但在进城前的最后一刻，有两个人感染了当地流行的传染病，他们只好换掉这两位，又选了两个新人，而他们未曾受过良好的训练。结果，当他们试图游过地下水道时，其中一个新人遇到了麻烦，他们被迫返回，只好等到第二天晚上再行动。等他们好不容易潜入城市，又遇到许多挫折，行动一再被延误。他们很难找到合适的仓库，也没有足够的淀粉类食物可以用来做发酵的“浆糊”。等到他们完成第一步，又发现有些酵母不管用，结果之前的努力全白费了。而且，他们在水源净化装置附近还找不到藏身之处，只能在夜里来回搬运酒精，搞得所有人筋疲力尽，十分狼狈。

尽管这样，在定好的日期之前，他们还是做好了足够的酒精。亨利心想，接下来的事就该容易多了。虽然我们的行动时间是正午，他们的却是凌晨，那时怪物"主人"还没有上第一轮早班。至少，他们是这么想的。为了接近水源净化装置，他们首先需要经过一段坡道，情形和我们潜入的城市差不多，他们那里也有一片开阔地，里面有一些花园水池。结果，就在行动当天，他们发现其中一个水池被两个怪物"主人"霸占了。

他们看起来像是在摔跤，彼此用触手又推又拉，搅得水面上下起伏，水花四溅。我和弗里茨也见过这一幕。那天晚上，我们俩在城里寻找地下河道，想找条路逃出城去，无意中撞见两个怪物"主人"在花园水池里做同样的事。我们已经把这事全忘了。这是怪物"主人"的众多奇怪举动之一，连科学家们都弄不清楚，亨利自然也不知道这是怎么回事。当时，他只希望，不管他们在干什么，只求他们早点儿结束，赶紧离开。可他们就是没完没了。时间一分一秒过去，他们一直拖到了天快亮，第一轮早班眼看就要开始了。

最后，亨利无可奈何，只好想了一个主意。那两个怪物"主人"似乎很专心，而他们所在的花园水池距坡道还有一段距离。他决定带领其他人悄悄挪到另一个水池的墙下，然后趁他们不注意，直接冲向阴影下的坡道。结果，前三个人成功了，第四个人被发现了。怪物"主人"的动作敏捷得出奇，他们跳出水池，走过来大声质问。

他们杀死了一个怪物"主人"，正打算杀死第二个，可那个怪物"主人"显然被吓坏了——奴隶竟然攻击"主人"！——他转身就跑，逃得飞快。亨利说，如果那家伙不逃走，他们就得手了。逃跑的怪物"主人"肯定会去通知其他人。亨利他们每人带了五六瓶酒精，在其他"主人"得到消息之前，他们已没有机会把酒精倒进饮用水管道里了。"主人"们会得到消息，不光是这里，或许还会通知另外两座城市。他们会立即使用无线电通风报信。

行动失败了。剩下的目标是不要被抓——至少要拖延时间，让另外两座城市的行动顺利进行。亨利让其他伙伴儿分散开来，沿着城里纵横交错的街道分头逃命，找到地下河道的出入口，逃出城去。

亨利和另外两个伙伴儿逃了出来。但还有三个人没逃出来，他不清楚他们怎么样了，估计是被捉住了——亨利曾在河里寻找他们的尸体，但什么也没找到。（其实，那不是真正的河，而是古代人的一项发明——一条把西边的海洋和另一边更为广阔的大洋连接在一起的大运河。）之后，敌人派出许多三脚机器人加紧搜查，亨利他们躲进一个地洞，逃过了追捕。最后，他们设法逃出地洞，登上船返回城堡。

"总之，一次悲惨的失败。"亨利总结道。

"你们只是运气不好。"我回答，"我们都是依靠好运才成功的，可惜你们没交好运。"

"你们甚至算不上失败。"弗里茨说，"不管你的伙伴们发生了什么，被捉住以前，他们一定拖延了许多时间。不然另外两座城市就会收到警告了。"

竹竿儿说："消息传来时，我跟朱利叶斯在一起。他说，哪怕只攻陷一座城市，他就很知足了。两座城市啊，大大超出了所有人的预期。"

亨利说："可是怪物'主人'还占据着美洲，这个事实依然没有改变。我们接下来怎么办？他们或许还不清楚到底是怎么回事，但以后肯定不会再相信人类奴隶了。"

我说："我只是不明白，他们为什么还没发动反击？"

"他们会的。"弗里茨说。

"他们下手太晚了。如果在我们破坏金属帽子之前，他们就已在这里重新建好控制金属帽子的中心，我们现在就有大麻烦了。"

加冠者的金属帽子早已嵌进头皮，再也摘不下来了。但科学家已经知道如何破坏帽子的金属丝了，这样，怪物"主人"就没法再控制加冠者了。

弗里茨说："我想，他们已经决定全力防守了。这里和东方的机器人之城已被摧毁，他们已无能为力。再过一年半，从他们星球飞来的大型宇宙飞船就将抵达。或许他们觉得，只要挺到那时就够了。只要他们还占据着一个大洲，就能架设好机器，改变地球上的大气。"

亨利不安地说："一年半……时间不多了。竹竿儿，你知道接下来的计划吗？"

竹竿儿点点头："知道一些。"

"但我猜你不能说。"

竹竿儿笑了："你们很快就能知道了。我想，在明天的宴会上，朱利叶斯会当众宣布。"

第二天，天气晴好，宴会在城堡的庭院中举行。这是一场庆功宴，为我们而举行。他们本以为我们在城里会被敌人捉住，但我们成功了。宴席上有各种各样的海鱼，还有淡水河里的鳟鱼和小鳌虾；接下来是鸡肉、鸭肉、烤乳猪、鸽子肉馅饼；还有一头牛，整个串在烤肉叉上烤，烤好的部分会被切下来送到我们面前。配菜是水果拼盘，饮料有苹果汁、麦芽啤酒、澄清的白酒和咝咝冒泡的葡萄酒。食物和酒水都是加冠者带来招待我们的。他们把我们视为英雄，这让我们有些不好意思，但心情很舒畅。

朱利叶斯在宴会进行到一半时开始讲话。他先总结了最近的行动，赞扬我们取得的成绩，然后点名称赞了弗里茨。他说得没错。多亏了弗里茨的坚定勇敢和足智多谋，我们才能一次次渡过难关。

他继续说道："你们一定很好奇我们接下来该怎么办。我们成功破坏了敌人的两座城市，一座在这附近，一座在东方。但仍有一座城市尚未被拿下，只要它还在运转，刀子依然架在我们的脖子上。我们的时间不多了，再过不久，敌人的飞船就将抵达，在那之前，我们必须摧毁敌人最后的堡垒。

"还好，只剩下一座城市了。如果计划得当、行动顺利，只要一次进攻，我们就能取得完全的胜利。而且我要说，这次计划正在顺利地进行。

"和以往的每次胜利一样,这次的计划也是针对敌人的致命弱点制订的。毕竟,他们是侵略地球的外星人,离开了特殊的生态环境,他们就无法生存。在上一次行动中,我们麻醉了怪物'主人',切断了维持城市运作的动力,但直到城市的穹顶被打破,他们的空气泄漏出去,地球上的大气涌入,我们才取得最终的胜利。所以,要想有效打击最后一座城市,我们必须采取同样的方式。

"不过,之前的潜入手段不能再用了。根据我们得到的最新情报,西方的怪物'主人'已经不再招募加冠的人类进城了。至于城里原有的人类奴隶会怎么样,我们不得而知。但几乎可以肯定的是,他们会被杀掉,或者接到命令全体自杀。我们还能确定,运河周围也将被严加防范。所以,我们这次必须从外部发起进攻。问题是,怎么进攻呢?

"据我所知,过去,人类的武器隔着半个地球就能炸平像机器人之城那么大的区域。我们可以再次制造出类似的武器,只是时间不够。我们也可以制造一些比较原始的枪炮,用来发射炸药,但它们的威力不足以炸毁那座城市。来自大洋彼岸的另一份报告显示,怪物'主人'已经把城市以南、以北两个方向的陆地都炸成了焦土,方圆数英里不见人烟,以确保周围没有任何活物,更没有任何东西可以威胁到他们。我们只能再想别的办法。

"而我相信,我们会想到的。我们的祖先有一项技术,那些怪物'主人'一直没能学会，那就是制造飞行器。怪物'主人'家乡的重力作用很大，所以想在天上飞行很困难，甚至根本飞不起来。他们在世界各地之间旅行，全靠在地表行走。或许他们已学会了我们祖先的这项技术，能够制造飞行器，但他们没这么做。这也许是因为在他们看来，驾驶三脚机器人已经足够了……也有可能，他们天生就不喜欢飞行。我们知道，他们也有弱点，也许害怕飞行就是其中之一。"

我想起在机器人之城里执行任务时，我们曾沿着陡峭的坡道爬上高墙，还曾沿着狭窄的岩架检查墙面，那儿几乎相当于城市的屋脊。当时我就很害怕，看一眼下面就头晕。显然，怪物"主人"并不畏高，否则他们不会那样建城墙和坡道。不过，"恐惧"没有理性可言。或许只要把脚踩在实物的表面上，怪物"主人"就不会害怕了，但换个方式就难说了。

朱利叶斯又说道："我们已经造出了会飞的机器……"

他说得很平静，并不兴奋，但他的话马上被我们的喝彩声与掌声淹没了。

朱利叶斯抬起一只手，示意大家安静。然后，他笑了笑。

"不是古代人的大型飞行器——那种机器可以乘载上百人，在几个小时内就能飞越西方的大洋。没错，你们会叹息失望，但真的不是那种。那样的飞行器，还有之前提到的可以在半个地球外发射毁灭性武器的战斗机器，暂时都超出了我们的科研能力。我们只能制造简单的小飞行器，但它们确实能飞，还能搭载一个驾驶员，也能携带炸弹。我们将会用上炸药，希望借此可以破坏敌人最后一座城市的外壳。"

他讲话的语气一直很平静，我却更加期待他能说点儿别的，比如我们在新计划中能起到什么作用。可他始终没说。稍后，几个杂耍艺人开始表演节目，大家都在观看。我直接找到朱利叶斯，问："先生，我们需要学习如何操作飞行器吧？可是要过多久呢？我们是在这里练习，还是到大洋彼岸的土地上再练呢？"

他看着我，哈哈大笑："我还以为你吃得太多，所以懒得说话了呢。威尔，我可亲眼看到你吃了不少东西，以后再想怎么飞吧！你的肚子里塞满了食物，机舱里哪儿还有位置嘛！"

"我是认真的，先生。"我急忙说道，"那个飞行器——他们真的造好了？"

"是真的。"

"那我们很快就要学习了？"

"有人已经开始学习了。实际上，已经学得差不多了。他们只需加紧练习……"

"可是……"

"可是为什么没你的份儿？听我说，威尔，一个好的指挥官不会没完没了地派遣同一批士兵。你和弗里茨干得很出色，你们可以休息一阵子。"

"先生，我们已经休息好几个月了。自从上次的行动结束后，我们什么事都没做，只是躺在床上养肥膘。我宁可马上学习怎么驾驶飞行器。"

"我就知道你会这么想。不过，身为指挥官，我还有别的事要做——我要提前组织人手，安排他们的时间。我得提前想好每一步，不能等到前一个计划完成后再想下一个。机器人之城还存在的时候，我们虽然不敢试飞，但我们的人已经开始准备了。城市穹顶被破坏的第二天，第一架飞行器就上天试飞了。"

我争辩道："但我现在加入，奋起直追，应该还能赶上他们。你曾经说过，我个子比较小，这难道没有帮助吗？我可以减少飞行器的载重，让它多装些炸药。"

朱利叶斯摇摇头："体重不是最重要的。再说，我们的飞行员已经够多了。你清楚我们的规矩，威尔。个人喜好并不重要，重要的是，你有多少才能，能不能完成任务。我们的飞行器数量有限，训练飞行员的设备也不多。就算我认为你比现有的飞行员更合适——实际上，我并不这看——我也不赞成你'奋起直追''赶上他们'。他们已经训练很久了，让你中途加入根本没有意义。"

他说得很坚决，甚至有点儿斥责的意味，我别无选择，只好接受，还不能让自己的脸色太难看。后来，我把事情的经过讲给弗里茨听，流露出些许不满。弗里茨像平时一样面无表情，听我讲完后，他评论道："没错，朱利叶斯说得对。咱们两个能加入上次的行动，进攻机器人之城，是因为我们在城市里待过，熟悉里面的情况。而要驾驶飞行器，咱们就没有优势了。"

"那就眼睁睁地看着大洋对面打得热火朝天，我们却只能待在这儿，混吃等死，什么也不干？"

弗里茨耸耸肩："看来是这样。反正我们没有机会加入，还不如往好处想想，坦然接受。"

但我很难做到"坦然接受"。虽然那些飞行员早已学会如何驾驶飞行器，我依然抱有一线希望，觉得我们还有机会随后赶上，这样我们就能赢得机会，加入最后的决战。我还希望朱利叶斯能回心转意，不过这种事以前很少发生。直到有一天，朱利叶斯骑着马离开城堡，赶往另一个基地，我才真正死了这条心。

当时，我站在残破的城垛上，目送朱利叶斯的坐骑渐渐远去。竹竿儿来到我身边："威尔，闲着没事做？"

"谁说的？我忙得要命，有一堆事儿呢——游泳、晒太阳、抓苍蝇……"

"朱利叶斯离开之前，我得到允许，可以开始一项计划。你可以来帮个忙。"

我无精打采地问："什么计划？"

"我有没有跟你讲过，在见到你之前，我注意到开水壶里的蒸汽会往上升，于是我打算做个大气球，让它带着我飞起来？"

"讲过。"

"我本打算飘到一个没有三脚机器人的地方。当然，我失败了。其原因是，气球里的空气很快就会变冷，所以它就掉下来啦。不过后来为了给你们的呼吸面罩提供氧气，好让你们从地下河潜入机器人之城，我们试着从空气中分离氧气。结果，我们不光发现了氧气，还发现了几种比空气更轻的气体。只要用这些轻质气体填充气球，它就能一直上升，不会掉下来。实际上，古代人早在发明飞行器之前就想到这个办法了。"

我还是没有多少兴趣："听着有点儿意思嘛。你想让我做什么？"

"我已经做好了几个大气球，还说服了朱利叶斯，他让我找几个人，看看气球有没有用。我们可以自己训练，然后——呃，放飞气球。我是这么打算的。你要不要加入？我还问了亨利和弗里茨，他们都答应了。"

如果是平时，这主意相当吸引人。可是现在，朱利叶斯不准我加入飞行员的队伍，参加对最后一座机器人之城的空袭计划，所以此时竹竿儿的提议相当于朱利叶斯对我的彻底拒绝。因此我勉强地答道："好吧，我加入。"

我的坏心情很快就消失了，因为我发现放飞气球好玩极了。我们用车子把气球运到内陆，那儿是一片蛮荒之地，没有人居住，到处是丘陵、山麓和高地，地势虽比白色群山低很多，但也崎岖不平，令人印象深刻。竹竿儿想弄清楚，在不同的强风和气流条件下该如何掌控气球的飞行情况，而山地是绝佳的试验场。

气球用防水油布制成，外面罩着用柔软细绳编成的大网，大网下面连着一个篮筐，里面可以坐人。在气球充满轻质气体之前，篮筐就放在地面上。开始充气之后，气球会上下扑动，绷紧绳索，好像已等不及要起飞了。气球的体积很大，直径差不多有十英尺，篮筐可以载四个人，但我们一般只上去两个。篮筐里还装着压舱物，也就是一些沙袋，可以在气球下降时扔出去，减轻气球的载重。降落过程相对要简单些。只要拉动一根绳索，稍稍打开气球，放出一部分轻质气体就行了。方法很简单，但要十分小心——如果一个不注意，把气球完全放开，气体散尽，篮筐就会像石头一样摔下去……要是当时你正飘在几百英尺高的空中，那可就不好玩了。

不过，我们从试飞轻气球中获得的乐趣丝毫没有因这种想法而减少。我第一次登上轻气球时特别兴奋，我过去从没有这么激动过。当然，我以前也曾离开过地面，可那是被三脚机器人的触手提到半空的，当时我只感觉到了害怕。而现在，恰恰相反，一切都很平静，但又非常刺激。竹竿儿松开最后一根绳索，我们开始向上升，速度平缓而稳定。那天下午没有一丝风，我们一直往上升，飘到了天顶，周围都是白色的云朵。大树、灌木丛，还有站在地上抬头仰望的人，全都变得越来越小，直至消失不见。我们的视野变得开阔，大地在我们下方一览无余——这种感觉真像神仙！我再也不想回到地面了。如果一个人可以永远飘在空中，靠沐浴阳光、餐风饮露活着，那该多么惬意啊！

渐渐地，我们可以更加熟练地掌控轻气球，让它载着我们在天空中翱翔。这个活儿看着容易，实际操作起来却很难。即使是看起来风平浪静的日子，空中也会有很多气旋，有时甚至会有狂暴的湍流。竹竿儿说，他打算以后建造更为庞大的飞艇，要有坚固的艇身，配上推动引擎，让飞艇在空中任意遨游。不过，这个希望只能留到以后了。现在的轻气球只能听从风向和天气的摆布。我们学着操纵轻气球，就像驾驶一叶独木舟，划过肉眼看不见的"河道"。通常这一段"河道"还很平静，下一段却是一个急转弯，紧跟着是一阵波涛汹涌的激流。我们必须学会了解天空，从一些微小的迹象中推测天气的变化，在天公变脸发脾气之前做出应对。

从某种程度上说，随风飘行的乐趣让我暂时忘却了即将到来的危机。城堡偶尔派人送来消息时，才是我们备感失落的时刻。听他们说，那些飞行器驾驶员已经出发了，开始穿越浩瀚的大洋。他们分乘不同的船只，在最安全的防护下出海。每条船分别装载一部分零件，到了大洋另一头再组装成完整的飞行器。听完这些消息，亨利和我各怀心事。我能感觉到，亨利的心情比我更糟糕——毕竟，他曾抱着希望潜入那座城市执行破坏任务，结果却功亏一篑，错失良机。

但至少，我们也可以"飞"。尽管轻气球帮不上大家的忙，起码我们自己可以玩得很开心——我们升得比山还高，飞越群山之巅，直视夏日骄阳下的峰顶。到了地面，我们在野地里扎营，"艰难"地在荒野求生……这个"艰难"是指我们得亲自到河里抓鱼——河水湍急，两岸长满了蕨类植物和石楠花——

然后把鱼架到炭火上熏烤。我们设了陷阱，不光逮到了野兔，有时候还能抓到鹿和野猪。太阳落山，我们燃起篝火，烤熟野味，饱餐一顿。饭后，我们躺在硬邦邦的地面上睡得香甜，第二天醒来个个神清气爽，精力充沛。

就这样，一天又一天，一周又一周，一晃几个月就过去了。夏日远去，秋意袭来，白天的时间变短了。很快冬天就来了，是时候返回城堡过冬了。我们打算过几天就回去。就在这时，一个信使来了，送来一条简明扼要的信息：朱利叶斯叫我们立刻返回。于是我们拆卸了轻气球，将其打包装到车上，第二天天一亮就往回赶。这时，天上下起了毛毛细雨。

我从没见过朱利叶斯这么狼狈，他好像一下子老了好几岁。他的眼神很疲倦，我怀疑他晚上根本没怎么睡觉。再想想我们这段时间在山上过得无忧无虑，我不由觉得十分内疚。

他说："我最好马上告诉你们。是坏消息，坏得不能再坏了。"

竹竿儿问："难道，进攻第三座城市的行动……"

"彻底失败了！"

"究竟怎么回事？"

"前期准备没有任何问题。我们把飞行器顺利地运了过去，还建立了三个飞行基地，两个在北边，一个在南边。我们做了伪装，给飞行器涂上了保护色，这样，在远处，从三脚机器人的高度看，它们的颜色会跟大地的融合。古代人在战争中也曾用过这个计策。我们似乎也成功了，没有任何迹象表明三脚机器人注意到了它们。于是，到了进攻的时间它们就起飞了，携带着炸药朝机器人之城飞去。"

朱利叶斯停顿了一下："可是，没有一架飞行器能接近目标。突然之间，它们的引擎同时停止了工作。"

竹竿儿问："这是怎么回事？知道原因吗？"

"引擎中有些部分是靠电力驱动的。这一点你比我知道得还多。不光是飞行器，在数英里外的三个基地中，所有电力设备也在同一时间停止运转，后来才慢慢恢复。科学家相信，那是一种未知的无线电波干扰，一经发射便会破坏所有电力设备。"

我问："那些飞行器呢，先生？它们怎么样了？"

"大多数直接坠毁了。少数几架设法迫降，多少受了些损伤。可是三脚机器人从城里大举出动，把剩下的也摧毁了。对此，我们无能为力。"

亨利说："先生，所有的都被毁了？"

"都被毁了。我们只剩下一架飞行器。因为引擎出了些故障，它没能飞上天，这才留在了基地里。"

直到这时，我们才明白这次失败的严重性。我一直相信这次进攻会成功，我觉得古代人的机器一向很神奇，一定会摧毁敌人的最后一座堡垒。这一次不光是行动失败，它说明我们寄予厚望的炸药武器也派不上用场了。

竹竿儿说："先生，这样的话……"

朱利叶斯点点头："没错。最后的进攻手段行不通了。我们只能把希望寄托在你的气球上了。"

后来，我问竹竿儿："这么说，你从一开始就知道有这种可能——如果飞行器失败了，轻气球会成为备选方案？"

竹竿儿看着我，面露惊讶："当然啊。你不会以为朱利叶斯只考虑了一套方案吧？一套不行再从头想一个？那怎么来得及？"

"你应该提前告诉我的。"

他耸耸肩："我只是把方案提交给朱利叶斯，由他决定哪个更合适。不过，轻气球本身就是个很好的计划。我之前提过飞艇——古代人曾经大力研究过飞艇，可他们后来放弃了，把精力转移到了大型飞行器上。这究竟是好是坏，我说不清楚。"

我问："那你知道再过多久我们才能横渡大洋吗？"

"不知道。我们还有准备工作要做。"

"是啊，当然了。"

竹竿儿的语气变得严厉，他告诫我："威尔，你别再笑得像个傻子一样！我设计轻气球不是让你出风头用的。飞行器才是更好的进攻方式，如果他们能成功，那就再好不过了。朱利叶斯也说了，这是我们最后的机会！"

我惭愧地说："你说得对。我会记住的。"

可在我心里，最大的感受并非羞愧。相反，我很高兴。

第八章

飘向自由的气球

CHAPTER 8

我们几个人，还有轻气球，分成几组，分别乘坐不同的船只渡过大洋。我和亨利被分为一组，在同一条船上。这是一艘法国大船，有四五百吨重，名叫"天蓝女王号"。离开港口之前，船上的法国水手问我们晕不晕船，说如果晕船的话，可以喝一些他们调配的药水。他们说，看天色，前方天气状况不佳。亨利听从建议喝了些药水，但我没喝。那种晕船药看起来很可疑，闻着就恶心。我告诉他们，我以前也走过海路，一直都没事。

同样是海路，海面上的情况却全然不同——我之前走的不过是一道夹在我的家乡与法国之间的狭窄海峡，这里却是大洋。我们一出海就遇到了大风浪。狂风从东方刮来，卷起雪白的浪花，溅起细碎的飞沫，海面上浊浪滔天。好在我们正需要这样的大风，于是扬起所有风帆，借着风势前行。时间刚过正午，天色却已十分阴沉。天蓝女王？也许那不过是个喝醉的女王，船身在海上歪歪扭扭，左右乱晃。船头一会儿下沉，扎进越来越高的海浪里，一会儿上扬，掀起无数的水花。

一开始，我只是感觉不太舒服。但我想，只要习惯了船身的晃动，很快我就会好起来。我跟亨利一起站在舷窗边，迎着狂风巨浪愉快地谈话，不时开几个玩笑。可是，不舒服的感觉不但没有散去，反而越来越厉害了。一个曾给我们送过晕船药的水手这会儿刚好从我们旁边经过，他问我感觉怎么样。我强打起精神哈哈大笑，告诉他我一切都好——我说，这让我想起了小时候在乡村集市上坐旋转木马的感觉。就在这时，船身猛地一沉，从大浪顶端一下子落到深深的浪底。我赶紧闭嘴，不然就吐出来了。幸好，那个水手已经走开了。

从某种角度上说，大船与风浪的搏斗已经转化为我的个人意志与肠胃的较量。我下定决心绝不让别人看出我很难受，就连亨利也不行——亨利听人说厨房里准备了热汤，立刻跑了过去，这让我轻松了不少。他还问我去不去，我摇了摇头，强挤出一丝微笑，说我现在什么也不想喝。这倒是真话。于是，他离开了，我一个人扑在栏杆上，直勾勾地盯着海面。不管是汹涌澎湃的海水，还是我翻江倒海的肠胃，哪怕有一样安静下来也行啊。可它们全都不听话。时间慢慢地过去，一切都没改变，只是天色越来越暗，风浪越来越大，"天蓝女王号"的爬升和跌落变得越来越剧烈。我的头开始疼，但我咬牙坚持。我相信自己会挺过去的。

有人在背后拍了拍我，是亨利。他说："威尔，你怎么还在这儿？你就这么喜欢清新的海风？"

我嘟囔了一句，但连我自己都不知道自己在说什么。亨利继续说："我问过船长了。他说，真正恶劣的天气还在后头呢。"

我转过身去，简直不敢相信他的话，"真正恶劣的天气"？

我张开嘴想说些什么，但转念一想又把嘴闭上了。亨利热心地问："你没事吧，威尔？你的脸色好难看，绿得跟怪物'主人'似的……"

我再次扑向栏杆，身子挂在上面哇哇地吐了起来。不是吐一下，而是吐了又吐，胃里的污物一直往上翻，直到腹中空空，再没有可吐的东西。从那时起直到第二天，这段时间发生过什么，我已经记不清了。我也不想记起来。好像有一次，那个法国水手来看过我，还带来了晕船药。亨利托起我的头，把药水灌进了我的喉咙。后来，我感觉好受了一些。反正我也不可能感觉更差了。

渐渐地，我的身体略有恢复。第四天早上，虽然还有些反胃，但我已经有饿的感觉了。我用海水冲洗身子，整理了一下仪容，然后晃晃悠悠地走向厨房。厨师是个胖子，满脸微笑，因为自己会说几句英语而备感骄傲。他说："啊，你感觉好些了，对吗？你的好胃口（这个词用的是法语）又恢复了，打算吃些早——那个——餐？"

我笑了一下："我想，我能吃下点儿东西了。"

"很好，很好！让我为你做些特别的早——那个——餐吧。其实我已经做好了。"

他递给我一只盘子，我伸手接过。盘子里有几片熏肉，肉片很厚，肉质很肥，只夹杂着两三条粉红色的瘦肉丝。而且，肉片好像根本没煎过，只是用肥油煮了一下，上面还挂着一层油花。我瞪着肥肉片，厨师却看着我。这时，船身又抬了一下，我的胃也跟着翻了一下。我赶忙放下盘子，冲上甲板呼吸新鲜空气。我刚跑出去，就听见厨师发出一阵欢快的大笑，笑声在楼梯口回荡，久久不休。

到了第二天，我感觉好了许多。昨天我什么都没吃，所以今天胃口大开。当然，船上的伙食确实也很棒。（我后来得知，船上的厨师们最爱用油乎乎的肥肉片戏弄别人，这艘船的厨师尤其喜欢这种玩笑。）另外，天气也有所好转。虽然海上偶尔仍然波涛起伏，但多处海面碧波万顷，倒映着晴朗的天空。晴空一览无余，只点缀着几朵云彩。海风清新，转向西南方吹去，风势不再那么猛烈。对我们的航行来说，目前的风向并不理想，我们只好尽量把船转个方向，好最大化地借上风势。亨利和我想搭把手帮点儿忙，却被断然拒绝了，因为我们俩没有经验，还笨手笨脚的，不但帮不上忙，只能平添麻烦。

于是，我和亨利只能呆呆地看着大海和天空，想各自的心事，好在我们可以彼此做伴。我早就注意到，自打从美洲回来以后，亨利就发生了变化。夏天我们一起试飞轻气球时，我再次证实了这一点。从身体上说，亨利长高了，变瘦了，但他改变的并不仅仅是外表，他的性格也和从前不一样了。他变得有些沉默寡言，我想这是因为他的性情变得内敛了，但他更加确信自己的使命和将来的目标了——没错，就是人生目标。其实，我们每个人都有一个共同目标：摧毁机器人之城，推翻怪物"主人"。但他的目标并不仅限于此。只是我们一直在山中，跟大伙儿共同生活，很少有机会和意愿谈及个人的事。只有最近，在漫长的日子里，晒着冬日的阳光，四周都是无边无际、空旷寂寥的大海，我终于有机会问问他的人生目标是什么了。

借着这个难得的机会，我也转换心思展望了一下未来，想了想一旦我们推翻外星统治者，让人类完全解放，世界会变成什么样子。可我的想法总是很模糊，我几乎只能想到我愿意做什么事。我想象自己去打猎、骑马、钓鱼——想到将来自己能在一个三脚机器人不再大摇大摆地越过地平线、人类可以自己掌握地球和未来的命运、城市里再度住满居民的世界里做这些事，我就觉得那时自己会比现在高兴一百倍。

但亨利的想法与我完全不同。上次穿越大洋的经历对他产生了很大的影响。他和伙伴们在美洲登陆，那里地处机器人之城的北方。我听说，那里的人也说英语，只是口音跟我们不太一样。远隔重洋上千英里，亨利却能跟当地人对话，而想当初，我和亨利仅仅渡过了一道二十英里宽的海峡，竟然无法与法国人相互交流。这个反差给了亨利很大的触动。

由此，亨利开始深入思考不同地区的人类之间的问题。早在怪物"主人"入侵之前，这些问题便一直存在。所有怪物"主人"同属一个种族，他们语言统一，团结一致，所以无法理解人类内部的争端。当然，他们也充分利用了人类内部的矛盾。人类经常会杀掉不认识的人，只因他们来自不同的地区，在亨利看来，这种可怕的事一定经常发生。实际上，恰恰是因为怪物"主人"的介入，才制止了类似的惨剧。

"他们确实带来了'和平'。"这一点我也同意，"可这是什么样的和平啊？养在圈里的牛羊当然会和平相处！"

"是啊。"亨利说，"你说得没错。可是自由就意味着自相残杀吗？"

"人类早已不再自相残杀了啊。我们正团结起来对付共同的敌人——竹竿儿是法国人，弗里茨是德国人，你的朋友沃尔特是美国人……"

"现在他们能团结奋战，可是以后呢？一旦我们推翻了怪物'主人'，又会怎么样呢？"

"我们当然还会团结一心啊，我们已经学到教训了。"

"你这么肯定？"

"当然！人类之间再次爆发战争，那才不可想象吧？"

亨利沉默了一会儿。这时，我们正靠在右船舷的栏杆上。远远地，我好像看到了什么东西，但那一定是阳光反射的幻影。那边什么都没有。

亨利说："并非不可想象啊，威尔。我想过了，绝不能让这种事再次发生，所以我们必须付出努力，防止悲剧重演。"

我又问了一些问题，亨利一一回答。看起来，这就是他为自己定下的人生目标——在自由的世界里维护人类的和平。我有点儿佩服他，但还没有被他完全说服。我知道，过去人类之间曾爆发过战争，但那是因为当时没有东西能让他们团结在一起，现在不一样了，我们要与怪物"主人"全力斗争。我们已经结成了同盟，又怎么可能放弃呢？这场战争一旦结束……

　　亨利还在说着什么，但我一把抓住他的胳膊，打断了他。

　　"那边有什么东西。刚才我就看见了，只是不敢确定，好像是一点亮光。会不会是三脚机器人？它们可以在海上行走的。"

　　"如果在大洋中间见到它们，我会很吃惊的。"亨利说。

　　他朝我指的方向看去。亮光又出现了。亨利说："太矮了，不像是三脚机器人！它离海面的距离并不高。要我猜的话，应该是飞鱼。"

　　"飞鱼？"

　　"不是真的会飞。只是被海豚追的时候，它们会跳出水面，展开船帆似的鱼鳍，它们能在海面上方滑行很远。有时候它们还会掉到船上。我相信它们的味道一定很不错。"

　　"你以前见过？"

　　亨利摇摇头："没有，但听水手讲过。他们还讲过别的事。比如鲸鱼，它们有房子那么大，可以从头顶喷出一股水柱；再比如大乌贼，还有……在温暖的水域有种海洋生物，长得很像女人，会用胸脯哺育后代。海洋里充满了奇迹。"

　　我可以想象他安安静静地听水手讲故事的样子。现在他是个好听众，喜欢听别人讲话，他有耐心，愿意思考。这是他的另一大改变。他已经不再是我从前认识的鲁莽小孩了。我突然意识到，战斗胜利以后，如果确实需要有人站出来让人类团结在一起，那么亨利就是这样的人。在这几年间，竹竿儿成了重要的科学家，弗里茨则被公认为最好的少年指挥官，就连我

（主要是运气比较好）也享受过辉煌的一刻。唯独亨利缺少成功的鼓励，他参与过的唯一一次行动也以失败而告终，尽管那次失败不是他的错。但在未来的世界里，他能起到的作用将比我们几个大得多，即便是竹竿儿也比不上他。虽然竹竿儿能够重建古代人的伟大都市，但人类若发生内战，城市将再次被炸毁，那重建又有什么意义呢？

只是，这种愚蠢的行径似乎不大可能发生在人类身上。

不管怎样，想这种事未免为时过早。怪物"主人"还没被打败呢。而要打败他们，至少还需要一段时间。

我们的最后一段航程需要经过一片温暖的海域。和亨利他们上次的航行相比，我们的航向有些偏南，登陆地点比较接近第二基地。第二基地建在山间，位于机器人之城的东边，与之相距几百英里。（有些奇怪的是，尽管美洲的两块大陆分别位于南北两个方向，将它们连在一起的地峡却是东西走向的。）第一基地曾经发射过飞行器，自从那次进攻失败以后，它就被我们的人放弃了。东北风在我们身后稳定地吹着，有人告诉我，在这一带，风向经年不变，只要进入它的领地，我们就可以在风力的作用下全速前进了。

这片海域中有许多岛屿，它们大小不一，形状各异，有的非常小，有的却特别大。如果不是水手们已对我做了详细说明，我简直会把它们当成美洲大陆的一部分。我们的船有时离岛屿很近。植被繁茂的绿色高山、金色的沙滩、在微风中轻轻摇摆的棕榈树……都在吸引我们的目光。有些面积较大的岛屿似乎很适合居住。真是些奇妙的地方啊，如果能在那里定居并探险就好了。也许，等到战斗结束之后……我决定了，就让亨利自己去当和平大使吧，我可没有他那样的本事。再说，我已经有了别的生活目标。

终于，我们靠岸了。站在岸上，踩着脚下坚实的大地，感觉还真挺陌生。我马上意识到，我们又一次站到了敌人的阴影之下。登陆时正是黄昏，我们趁着夜色卸下装备，并将它们搬运到了森林里。这工作并不轻松，更倒霉的是，我们还遭遇了几场倾盆大雨。我以前见过的雨水跟这里的根本没法比。大雨像不间断的瀑布从天而降，不出几秒就把人淋成了落汤鸡。

可是，到了第二天早上，阳光依旧炽烈，穿过陌生大树的枝叶火辣辣地照射下来。我壮着胆子跑到附近的空地上晒了会儿太阳，并晾干了衣服。我们已经爬到了地势较高的山上，看陆地的走向，还得往东走上很远。我能看到海岸线，海边有些小岛。等等，还有别的东西！虽然距离较远，但我看得清清楚楚，在明晃晃的热带阳光之下，那东西十分扎眼。

那是一个三脚机器人！

我们花了几天时间赶到飞行基地，又过了一周才准备停当。之后，我们还得继续等待。

我以前等过无数次，自以为已经磨出了耐心。为了参加运动大会，我们训练了几个月；在山洞里，我无所事事地等了几个星期；潜入机器人之城以前，我们在河边也等过好多天。我想，这么多经历一定已经把我磨炼出来了。可惜的是，没有。因为这次的等待与以往不同——我们不知要等多久，每天还得绷着神经保持警惕。我们并不是在等哪个人的命令，也不是为了提防怪物"主人"，我们要等的是前两者无法比拟的力量——变幻莫测的自然。

在早期的考察活动中，我们招募了不少新人。他们一直居住在这里，对这个地方和当地的气候了如指掌。我们现在需要来自东北方向的强风，好把轻气球送到机器人之城的上空。事实上，在之前的最后一段航程中，正是东北风把我们送到了岸上。而且，每年这个时候一直是这个风向，年年不变。可惜的是，一旦登上陆地，风力就减弱了，再往西南方向走，就进入赤道的无风带了。我们必须等一段时间，等到风力变强，至少不能让我们的轻气球静止不动，而要能朝目标方向移动才行。

所以，我们事先在尽可能接近机器人之城的地方安插了暗探，只要朝那个方向的风力足够强，他们就会用信鸽发来消息。而在那之前，我们什么都做不了，只能心急火燎地等待。

我们等得心焦。我和亨利是倒数第二组赶到基地的成员，其他人等了更长时间，而我竟然最无法接受这个现实。我的脾气变得越来越暴躁，一个小火星都能把我点着。有一天，一个伙伴儿开了个玩笑——他说我满肚子都是火气，恐怕不用气球也能飞起来——我立刻朝他扑了过去，跟他厮打起来，直到其他人把我们俩拉开。当天夜里，弗里茨来找我谈话。

　　我们俩进了一顶多处漏雨的帐篷。即便帐篷是用防水油布做的，也挡不住本地的大雨。雨点无情地敲打在帐篷上，弗里茨则无情地批评着我。我说我很抱歉，但没能打动他。

　　"这种话你以前说多少遍了？"他教训我说，"可你做事还是不经大脑——像挂鞭炮，沾火就爆！这里决不允许再起纠纷。我们必须一同生活，一起工作。"

　　"我知道。"我说，"我会努力的。"

　　弗里茨瞪着我。他了解我，正如我了解他一样。我们相处了很长时间，也曾一同吃苦受难，出生入死。不过，他的脸色仍然很不好看。他说："你也知道，这次行动由我指挥。出发之前，朱利叶斯向我交代了许多事。他告诫我，如果我对谁不放心，那就一定不能让他参与进攻。他尤其提到了你，威尔。"

　　弗里茨跟我很要好，但他有任务在身，职责第一。他一向这样。我苦苦哀求，让他再给我最后一次机会。最后，他摇摇头，说了声"可以"，但真的是"最后一次机会"。如果再惹上麻烦，我就真的出局了，他才不管是谁挑起的纠纷。

　　第二天早上，我们在轻气球周围例行演练，昨天跟我打架的家伙绊了我一下——也许是个意外，也有可能是故意的——我四仰八叉地摔在地上，胳膊肘撞在了一块岩石上，身上溅了一大片泥浆。我趴在那里，闭上眼睛，默默地等了至少五秒钟才站起身。我咬紧牙关，脸上露出一丝微笑。

　　过了两天，一大清早又下了一场瓢泼大雨。这时，一只信鸽狼狈不堪地落在鸽笼前的栖木上，腿上绑着一张小纸条……

我们一共有十二只轻气球，每只搭载一人，这样可以最大限度地携带炸药。炸药装在一个铁盒子里，它有点儿像我们在古代都市废墟里找到的"金属蛋"，当然，它的个头儿比"金属蛋"大多了。把铁盒子举起来，再从篮筐边上扔下去，需要费很大力气。我们在盒子上装了引线，一旦拔掉引线，四秒钟后炸药就会爆炸。

竹竿儿对我们解释说，这就意味着，轻气球距离目标一百五十英尺时，我们就得引燃炸药，把它推下去。古时候有个著名的科学家叫牛顿，这个数字就是根据他的发现推算出来的。竹竿儿试着向我们讲解演算过程，可这超出了我们的理解力——反正我是听不懂。总之，一个物体在空中自由坠落，第一秒可以降落十六英尺，要算接下来的降落高度，就要用十六乘以坠落时间的平方。这样来看，这个物体一秒钟降落十六英尺（十六乘以一，再乘以一），两秒钟就降落六十四英尺，三秒钟则降落一百四十四英尺[①]。竹竿儿管装着炸药的铁盒子叫"炸弹"。他说，我们抵达目标上方一百五十英尺时，看准位置，引燃炸弹，让它落地并爆炸，四秒钟刚刚好。

我们曾用哑弹一次又一次地练习，学会了如何计算离地高度，从而推算出炸弹的落地时间。这里还有个问题，轻气球只

---

① 根据自由落体运动规律，物体下坠高度 $h=(1/2)gt^2$，其中重力加速度 $g \approx 9.8$ 米 / （秒²）。这样，$t=1$ 秒时，$h=4.9$ 米；$t=2$ 秒时，$h=19.6$ 米；$t=3$ 秒时，$h=44.1$ 米。换算成英制单位，h 分别为 16、64 和 144 英尺。文中是用另一种比较简单的方法进行表述。不过，自由落体的数学推导最早是由伽利略发现的，而不是牛顿。——译者注

能一直往前飘，这自然会影响炸弹的落地位置。不过，我们已经非常熟练地掌握了这门技巧，现在终于可以实地应用了。

每隔两秒，轻气球一只接一只地飞上湿乎乎、灰蒙蒙的天空，从海上刮来的强风在身后推着我们往前飘。我们出发的顺序由弗里茨指定，他第一个起飞，我排在第六，亨利是第十个。离地之后，我发现自己像离弦的箭一样冲上天空。我往下看，一张张仰望的面孔迅速变小。我看到了竹竿儿，他抬着头，眼镜被雨水打湿，蒙上了一层水雾。他的运气实在太差了，我心想。但这念头转瞬即逝，我把注意力集中在自己的任务上，过去的耽搁和气恼全被我抛在脑后。因为大雨我已浑身湿透，但这已经不重要了。

我们越升越高，排成一条不太规则的长线。我们身下是一片陌生的土地，主要由海拔不太高的群山组成，山头形状各异，山上覆盖着茂密的森林，一直延伸到远方，与灰色的大洋接壤。强风吹拂大雨，雨水不紧不慢地落下，看来要下上一阵子了。山谷忽而闪现，忽而消失，渐渐落在我们身后。慢慢地，群山变成了平地，森林让位给种满作物的田野。偶尔我还能看见几个小村庄，房子用白石灰粉刷。一条大河出现了，有一段时间，我们就像在沿着河道飘行。

由于风力发生了变化，每个轻气球受力不均，长线渐渐断开，分散。有些气球的飘行速度变快，超过了别人。我沮丧地发现，我的气球渐渐落后了。我们分成了两个阵营，九个在前，另外三个殿后。亨利也在三个落后的人当中。我朝他挥挥手，他也冲我挥手致意。

河流渐渐消失，但没过多久，又出现了一条。它们也有可能是同一条河，只不过河道变宽了。随后，河水注入一个大湖。长长的河道在我们右手边延伸出去，至少有十英里长。我们下方的土地开始变得贫瘠，全无生机，看上去就像烧焦的黑炭，那里一定是机器人之城外围的隔离区。这是怪物"主人"采取的防御手段，他们把城市周围全都焚毁了。我仔细地看着前方，但什么都看不见。一侧是河流和大湖，另一边则是烧光的空地。在前面领头的轻气球离我们越来越远了。这可真让人恼火，可生气又有什么用呢？

实际上，我们的速度都很慢，因为现在雨已经停了，风力也减弱了。我们的行程曾经过精准的计算，但我怀疑计算可能会出错，或者风向可能会改变，那样我们就会偏离目标，甚至飘到海上。就在前方，湖水朝右侧转了个弯。在那边……

水道转向西南方，几乎呈一条直线，十分规整。为了让船只穿过地峡，由这边的大洋驶向另一边，古代人开凿了这条大运河。当然，现在运河上没有船只，只有一样东西跨骑在河岸两边，仿佛一只巨大的金色甲虫，背上扣着绿色的水晶罩。我们的方向没有错，正前方就是怪物"主人"的第三座城市。

但我没有时间再去观察城市了。另一样东西吸引了我的注意力，它出现在城市左侧，好像是从后面的高地上突然冒出来的。是一个三脚机器人。它大概刚刚结束例常的巡视，正要返回城中，却发现一串"泡泡"飘浮在空中。它看了一会儿，马上改变方向迎向我们。当第一只轻气球离城墙还不到一百码远时，三脚机器人已到近前。它挥起了一只触手，却没打中。气球驾驶员情急之下扔掉了压舱的沙袋，让气球升高，躲过了一劫。这时，其他气球也靠近了三脚机器人。它再次挥起触手，这次打中了一只。轻气球立刻瘪了，从空中坠落，连同篮筐一起，摔在黑暗潮湿的荒地上。

三脚机器人连挥带打，像一个人在拍打小飞虫。前面的队伍中又有两个气球被打落。其他人则已经飘了过去。第一只轻气球飞临城市上空，然后有个东西掉了下去。我开始查数，一、二、三……可什么都没发生。炸弹居然没有爆炸！

另有两只轻气球偏离了方向，从城市左边飘过。但剩下的三只正好经过宽阔的水晶穹顶。又有一颗炸弹落了下去。我再次帮它计数。一声巨响，它爆炸了！可在我看来，穹顶完好无损，一点儿都没受到影响。我没法继续观察接下来会怎么样了。那个三脚机器人此时正站在我面前，挡住了我的路。

到目前为止，我前面的人都选择了扔掉沙袋，让气球上升，以躲避敌人的进攻。我猜，三脚机器人应该也学精了，所以我决定反其道而行之。我先是按兵不动，等到触手挥起，才猛拽一下绳索，放掉了一些轻质气体。气球突然一晃，往下方沉去，机器人的触手从气球顶上扫过。我的气球急速下坠，照这样下去，不一会儿就得撞到地上了。我赶忙扔掉沙袋，气球又朝上蹿起。三脚机器人被我甩在了身后，城市就在前方。我回头看了一眼，发现又有一只气球被机器人打落，另一只则躲过了魔掌。我希望那是亨利，但我一时看不清究竟是不是他。

我又听到两声爆炸，但城市的穹顶还是没事儿。这时，我的气球飘到了城市上方，我往下观瞧，透过半透明的绿色玻璃，我能模模糊糊地看到一座座尖顶金字塔。虽然刚才被迫做出了一系列躲避动作，可我的运气还是那么好，现在的高度刚好合适。我看准穹顶，拔掉引线，举起炸弹，将它推到篮筐边上稍稍稳定了一下，然后往外推去。

由于载重变轻，气球又有所抬升。我开始数秒。还没数到三，炸弹就砸到了穹顶，然后它弹跳了几下，沿着水晶罩的曲面滑到了一边。炸弹爆炸了。强烈的气流震得我的气球来回乱晃。但我发现，水晶穹顶还是安然无恙。我气坏了，也十分沮丧。现在，只剩最后一只气球了，那是最后一次希望。

是亨利！根据衬衫的颜色，我认出是他。他这时也到了城市正上方。但他的位置太高了，超出了竹竿儿和科学家们指定的高度。我看到他在下降，继续下降……篮筐碰到了穹顶表面。

这下我明白他要做什么了。他看到了我们之前是怎么失败的，也明白了原因。科学家曾经说过，炸弹的当量足以震碎水晶穹顶，他们曾用城市水晶穹顶的残片做过实验。可是，只有炸弹紧贴穹顶，或者离得特别近时，爆炸的威力才能见效。而我们扔下的炸弹全都弹开了，跳出了有效范围。如果用同样的方法，他也没有机会成功。至少，把炸弹"扔下"是肯定没用的。

但把炸弹"放下"就不一样了。我的轻气球已经飘到了城市边缘，穹顶的曲面在我脚下急速下滑。而亨利的路线正好经过圆心，穹顶就在他面前，一览无余，他甚至可以在那上面行走。

我的心很乱，既看到了希望，也为亨利感到惊慌。他的篮筐又撞在了穹顶上，弹了一下，又弹了一下。远远地，我看到他用力举起了什么东西。接着，他爬出了篮筐。气球一下飞走了，它失去束缚，迅速地钻进阴沉沉、灰蒙蒙的天空。亨利却留下了。他就像一只小蚂蚁，蹲伏在一个巨大无比、闪闪发光的水晶球上。

他蹲在那里，双手紧紧地抱着什么东西。我别过脸去。几秒钟后，我听到一声巨响，但我没有任何心情转头去看。穹顶破开了一个大洞，怪物"主人"呼吸的空气仿佛绿色的浓烟滚滚冒出。我终于回过头，看到城墙边缘仍有碎片在噼里啪啦地往下掉。

我的脑袋一片空白，完全是下意识地扯下了绳索，让轻气球落向等候已久的大地……

第九章

全民大会

CHAPTER 9

　　我、亨利，还有竹竿儿，我们三个人曾经一起沿着山中的隧道爬向一直被冰雪覆盖的山顶。当时我们只能步行，走累了就歇一会儿。为了看清脚下的路，我们手中拿着粗大的蜡烛。这种蜡烛用动物的油脂制成，能燃烧很久，在山下的洞穴，也就是我们的住所，我们全靠它们来照明。今天，我们还是三个人，不同的是，弗里茨代替了亨利。

　　另外，我们上山的方式也有所不同。我们这次不用走路了，而是悠闲地坐着火车。那是一列小火车，有四节车厢，由体积虽小但马力强劲的柴油发动机驱动，可以沿着轨道通行。闪烁的昏暗烛光也不见了，我们头顶是明亮的灯光，几乎有些刺眼，只要你愿意，甚至可以抱本书来读。我们也没带吃的——以前我们会带粗硬的肉干和没什么味道的硬饼干——因为有人已经做好了食物，正在列车的终点恭迎我们的大驾。终点位于山顶，高出海平面一万一千英尺，那儿有五十个后勤人员，个个训练有素，可以照顾好每位代表团成员，以及收到邀请可以去旁听的幸运家伙，比如我们三个。没错，我们要去参加这次的全民大会。

　　大会在雪山之巅举行，周围是白色的群山，这是朱利叶斯的提议。白色的群山是反抗组织的发源地，反抗外星人侵略者的种子正是在这里萌芽并壮大的。也是因为朱利叶斯下了命令，我们三个，还有最后一战的其他幸存者，才会专程赶来参加会议。我们虽不是代表团成员，但只要我们提出要求，就可以为自己争得一个席位。我可不是自吹自擂说大话。我们跟怪物"主人"正面战斗过，还打败了他们，我们都是英雄，不管在哪里都享有特权……只是我们厌倦了别人的奉承，更愿意隐居起来，享受宁静的生活。

我们三个选择了不同的生活。竹竿儿沉迷于科学研究，他们的大型实验室建在法国境内，离海边那座城堡不远。弗里茨回到了自己的家乡，当起了农场主，整天侍弄庄稼和牲畜。至于我，则一刻都闲不住，也不像他们两个有明确的人生方向。我更愿意四处探险，寻访早期的人类居住地——由于怪物"主人"的入侵，那里的居民早就被赶走了。我坐上大船，跟五六个志同道合的朋友一起穿越大海，抵达未知的海岸，走进陌生的外国海港。我们的船还用风帆，虽然现在很多船都用上了发动机，但我们更喜欢扬帆出海。

一晃两年就过去了，这是我们第一次见面。山谷里有两个湖泊，湖泊中间有个小镇，我们在镇子里会合，一路上有说有笑，但一进了山，钻进隧道里，我们便沉默下来，谁也不再说话。我们各自想着心事。我有点儿悲伤。我想起了我们在一起时做过的事，回忆起过去的时光。想起今后我们还能保持友谊，真叫人高兴。虽说高兴，但是，哎呀，还是让人不太好受。我们聚在一起、情同手足的日子已经一去不复返了，如今只能各走各的路，这是我们的需要和心中的目标决定的。虽然我们时不时还能见个面，但彼此之间还是有点儿像陌生人。也许只有到许多年以后，我们都老了、只剩下回忆的时候，我们才能坐在一起，分享最后的时光。

赢得胜利之后，一切都不一样了。在随后的几个月里，人们焦急地等待着外星怪物"主人"的大型宇宙飞船的到来。在那段时间里，人类忙碌起来，重新学习失落的科技，他们如饥似渴，想要在几个月里学会我们祖先的所有知识，而那是古代人数十年，不，甚至几个世纪的智慧结晶。终于，在一个秋天的夜晚，一颗新星在空中眨了眨眼睛，人们屏住呼吸，一同仰望天穹，心中紧张无比。

那是一颗会移动的星星，如同一道光，掠过满天熟悉的星斗。人们用大功率望远镜看清了它的形状，它就像一个用钢铁打造的蚕茧。科学家计算出了它的尺寸，结果十分惊人。他们说，不明飞行物的长度超过一英里，最粗的部位有四分之一英里宽，正沿着圆形轨道绕地球飞行。我们等待着，绷紧了神经，不知接下来会发生什么。

上一次，外星人依靠狡猾的手段征服了地球，但同样的诡计他们不会使用两次。地球上的大气对他们来说如同毒药，他们也没有基地作为庇护所。虽然很多人类还戴着金属帽子，但那些帽子已经失去了效力。外星人可能会建立新的基地，他们也许会成功，但我们也会不断地骚扰他们。我们现在有了武器，而且经过长年的斗争，也越来越有经验了。想当初，他们是那么强大，我们却弱小得可怜，可我们还是打垮了他们。在未来的日子里，不管他们做出多少尝试，我们只会比他们做得更好。

或者，他们会躲在天上那座安全的避难所中向地球发射武器，播撒死亡与毁灭的种子。很多人都相信有这种可能，我也是这么想的，至少一开始是这样的。也许外星人希望，这样的打击持续足够长的时间后，我们的力量就会被削弱，人心便会涣散，然后他们将君临大地，再次统治这个被残酷蹂躏、炸成焦土的星球。如果真是那样，我们的斗争将会变得更加残酷，时间也会更长久，但到最后，胜利仍将属于我们。

可是外星人没这么干。他们只投下了三颗炸弹，每颗都命中了目标，并将目标彻底摧毁。只不过，他们的目标是怪物"主人"先前建造的三座机器人之城。当时有很多人正在城里工作，包括不少科学家。他们都死了，共有几百人。但和整个地球上的几百万人相比，这个损失已经很小了。第三颗炸弹爆炸以后，天上那道星光突然变暗，随后渐渐地消失了。与此同时，地球上最后一位幸存的怪物"主人"卢奇，正在他一个人的监狱里——那是一座全新的监狱，设备齐全，有着高高的天花板，还有一个花园水池，监狱前面挡着一面玻璃，人们可以前来参观，就像观看动物园里的野兽。当时，卢奇发出了一声号叫，之后便一头栽倒。他死了。

火车发出咔嗒咔嗒的声音，穿过最后一个中转站，隧道的墙壁再次将我们包围。我问："外星人为什么那么轻易就放弃了？我到现在都想不明白。"

弗里茨看着也很疑惑，但竹竿儿回答道："恐怕没人会想明白。我最近读了一本关于怪物'主人'的书，是一位科学家写的，在最后的几个月里，他一直在研究卢奇。通过解剖尸体，他们对卢奇的身体构造有了更多的了解，但怪物'主人'的思维方式仍是个未解之谜。他们好像特别相信'命运'，这一点跟人类不一样。当你们破坏他们的城市时，三脚机器人里的怪物'主人'不是也死了吗？而卢奇不知通过什么方式知道飞船抛弃了他，回到了遥远的宇宙，所以他也放弃了生命。要我说，我们可能永远也弄不清楚这是怎么一回事。"

"也许我们还会遇到他们。"我说，"我们不是要向月球发射火箭了吗？进展怎么样了？"

"还算顺利。"竹竿儿说，"他们找到了新的驱动能源，是一种新形式的原子能，但比古代人使用的精细多了。在一百年之内，我们就能进入星空探索宇宙了。也许不用一百年，五十年就够了。"

"我才不去呢。"我高兴地说，"我还要留在热带海洋里呢。"

弗里茨说："如果我们在宇宙中再次遇到怪物'主人'……他们就该害怕我们了。"

会议大厅的一面墙上有一排巨大的玻璃窗，窗外是十多座山峰，重峦叠嶂，白雪覆顶。一条长达三十英里的宽广冻河盘桓在群山之间，河床里是缓慢流动的冰块。天幕清澈，万里无云，太阳高挂在群山之上。在日光照耀下，一切都色彩鲜明，光芒四射。如果不戴墨镜盯着外面，不到一两秒钟你就睁不开眼了。

大厅一端有个讲台，只比周围的地板高出一点儿，讲台上有一排桌椅，那是以朱利叶斯为首的委员会的座位。大厅的其他空间几乎完全被代表团成员的座席占据。在大厅另一端，有人用绳子拦出一块区域，里面是其他人的座位，其中包括委员会的特别邀请对象，比如我们三个，以及一些行政人员、报纸和广播电台的媒体代表等。（有人向我们承诺，再过一两年，媒体代表中将会出现电视台的人。所谓电视，就是一种机器装置，可以让人坐在自己家里看到半个地球以外发生的事。怪物"主人"曾经利用电视催眠人类，控制他们的思想，这是外星人侵略地球的初始手段，而我们的科学家已做出保证，在重新制造出电视机以前，他们会想办法防止这种事再次发生。）

虽然会议大厅面积很大，有着高高的天花板，但依然坐满了人。我们的座位位于前排，能直接看到代表团的长凳。他们的座位呈同心圆状分布，以大厅中间为圆心。每个代表的座位前都有个标志，上面写着他们所代表的国家的名字。我看到了我的家乡的名字——英格兰。另外还有法国、德国、意大利、俄罗斯、美国、中国、埃及、土耳其……太多了，我可没法都记住。

大厅一侧的门被打开，委员会成员依次走进来落座。所有人站起身表示欢迎。朱利叶斯最后一个走进大厅。他拄着拐杖，腿行动起来更困难了，但他一出现，大厅里顿时掌声雷动，久久不息。掌声好不容易才平息下来，接着委员会秘书长——一个叫翁贝托的男子——首先发言。他简单地讲了几句，宣布全民大会正式开幕，然后请委员会主席朱利叶斯发表讲话。

这一次，掌声更加热烈，朱利叶斯只好抬起一只手示意大家安静。我也有两年没见过他了。朱利叶斯似乎没什么变化，只是背有点儿驼，但依然充满活力，嗓音也很洪亮。

他没有浪费时间缅怀过去，他更关心的是现在和未来。他说，我们的科学家和工程师正以飞快的速度学习古代人的知识与科技，甚至在此基础上有所提高。人类的前途无可限量，但整个人类能否享受美好的未来，将完全取决于我们如何管理自己。人类必须好好治理地球上的一切。

美好的未来……我心想，这倒是没错。但朱利叶斯说这话时很有压力，因为他也提到，世界上绝大多数人正如饥似渴地"享受"着科技的进步，他们对来自过去的工具和奇妙事物特别迷恋，胃口出奇地好。不管你到哪里，尤其是所谓的发达地区，都能看见有人在听收音机，他们还急不可耐地要看电视。我曾经专程回家探望父母，结果听我爸说，他正在把电线接进磨坊。在温彻斯特，新的大楼已经拔地而起，距离那座古老的大教堂不过几步之遥。

大多数人都喜欢这样，但我不喜欢。我想起了过去的世界，我生在那里，长在那里——那是个由村庄和小镇组成的世界，生活安静，秩序井然，人们过着不受打扰、从容不迫的日子，生活节奏随着四季的变更而变化。我又想起了在红塔城堡逗留的日子，想起了红塔伯爵与伯爵夫人，想起我们在阳光下骑马、就餐的时光，想到夏天的青草地以及游过鳟鱼的小溪，想到护卫们聚在一起谈笑风生，骑士们在比武大会上用长枪拼杀……还有埃洛伊丝，她的脸蛋小巧精致、恬静安详，头上裹着蓝色的头巾，可爱极了。那天，我从高烧中苏醒，一睁眼便看到她俯视着我。这段记忆还是那么清晰，仿佛就发生在昨天。不过，正处于建设中的新世界也吸引了我的注意力。幸运的是，我能及时地转身。在空旷的大海上，在遥远的港湾里，我重新找到了自己的位置。

朱利叶斯继续讲着，他谈到了政府的问题。这是头等大事，其他事务全都要围绕这个主题进行。早在只有一小撮人藏在山洞中谋划如何推翻怪物"主人"、争取自由的时候，委员会就成立了。如今，"自由"已经实现，世界各地纷纷组建了自己的政府，各自维护自己国家的发展。而一些国际性的事务，还有科学研究等，依然由委员会负责。

显然，大家都认同这样的管理体系，认为它应该继续实行下去。但让全世界的人以民主的方式共同管理世界也是必需的。基于这个原因，委员会决定解散自己，它的权力和职能也将一并移交出去。这事虽势在必行，但人民要行使权力，也应当选出合适的代表。这就需要大家的研究和有组织的策划，并且要有一个较长的过渡期。而召开本次大会的目的，就是要探讨过渡期应该有多久，以及任命新的临时委员会，以代替目前的委员会。

"我要说的就是这些。"朱利叶斯最后说道，"还有就是，我个人感谢诸位，感谢大家过去的合作，并祝新的委员会好运，祝新的主席好运。"

说完，他坐下了。雷鸣般的掌声又一次响起，声音很大，充满热情，但夹杂着一些令人意外的杂音。有些人没有鼓掌，反而双手交叉抱在胸前。掌声停止后，有人站了起来，是秘书长翁贝托，他是本次大会的主持人，他说："现在，有请意大利代表团的团长发言。"

意大利代表团的团长是个矮个子男人，皮肤黝黑，稀疏的头发围着金属帽子的网眼生长出来。他说："我提议，在决定其他事务之前，重新推举朱利叶斯为新一届委员会的主席。"

现场爆发出一阵欢呼，但并不是所有代表团成员都赞同他的提议。

德国代表团团长说："我支持这项提议。"

有人高喊"同意！"，但也有人反对。现场顿时陷入一片混乱。这时，又有一人站了起来。我认出来了，那是皮埃尔。我记得，六年前在山洞里他曾经发过言，明确表示反对朱利叶斯。如今，他是法国代表团的成员。

他开始发言，语气非常平静，但平静之下暗藏锋芒。他首先抨击任命朱利叶斯的建议，说不应该先任命新的委员会主席，而应该先组建新的委员会，再由委员会选出主席，二者的次序不可颠倒。接下来，他还反对"要有一个较长的过渡期"的说法，认为完全没这个必要。"本次大会有能力、也有权力选出一个更有效率的永久性委员会。我们已经浪费了太多时间。"

他停顿了一下，然后直视朱利叶斯说道："这已经不光是浪费时间的问题了。先生们，我们被召集起来参加这次大会，其实都被利用了。我已经得知，有些代表事先就已串通好要重新推选朱利叶斯为主席。他们负责造势，然后利用我们的感情，让我们投票给朱利叶斯，而我们将会选出一个独裁的暴君。"

他的话音刚落，全场哗然。喧闹声平静下来后，皮埃尔又说："在危急关头，听从一个人——一个独裁者——的命令，或许是有必要的。但现在危机已经过去了，我们必须开创一个民主的世界。我们不能屈从于感情因素，我们要有理性。我们来到这里，是要代表我们的人民的，一言一行都要符合他们的利益。"

意大利代表叫道："朱利叶斯拯救了我们所有人！"

"不。"皮埃尔说，"你说得不对。为了自由而辛勤工作、艰苦奋战的人还有很多——成千上万。我们当时推选朱利叶斯为领袖没错，但没有道理现在也让他当领袖。看看这次大会，委员会准备了多久才召开？我们将权力交给他们，只是到怪物'主人'被消灭的那一天，而那已经是差不多三年前的事了。

可直到今天，他们才极不情愿地……"

又有人插话进来，是刚才的德国代表，我听到他说："之前根本不可能，有那么多事没有步入正轨……"

皮埃尔打断他的话："那为什么选在这里开会？要召开全民大会，全世界有几十甚至上百个地方比这里更合适。我们来到这里，全是因为一个年迈暴君的一时兴起。不错，我就是这么认为的！朱利叶斯想让大会在这里召开，在白色群山的峰顶，还有另一层原因，他是要提醒我们：我们都欠他一笔'债'！许多代表来自低海拔地区，会觉得这里的条件很艰苦。还有人甚至因为高山症而病倒了，不得不下山回去。可这里的环境难不倒朱利叶斯。他之所以把我们带到白色的群山，是因为他觉得在这里我们不敢不投他的票。但我们若是在乎自己的自由，就应打破他的如意算盘。"

有人开始大喊大叫，有人则用更大的声音顶回去，大厅里的喧哗声此起彼伏。一位美国代表发表了意见，支持朱利叶斯。另有一位中国代表也表示支持。但其他人似乎都站到了皮埃尔那边。一位来自印度的代表宣称：人品并不是最重要的，重要的是建立一个强而有力的政府，这就需要一位强而有力的领袖。而年龄的增长会使人衰弱。朱利叶斯已经做出了伟大的成就，后人会长久地纪念他，但现在需要有一位年轻人接替他的位置。

弗里茨坐在我身边，他说："他们不会投朱利叶斯的票了。"

"怎么可能？"我说，"那太不可思议了。是有些人在乱吵吵，可是一旦投票的话……"

争吵还在继续。最后，众人开始投票，决定是否任命朱利叶斯为新的主席。他们使用的是电子计票器，每个代表都将按下"赞成"或"反对"键，结果汇总后将显示在后面墙壁的大屏幕上。终于，几个巨大的数字亮了起来。

赞成：152 票

我屏住了呼吸。反对票是……

反对：164 票

又是一阵喧哗，胜利的欢呼和愤怒的叫喊响成一片，比之前任何一次都沸腾。直到众人发现朱利叶斯站了起来，喧闹声才渐渐平息。朱利叶斯说："大会已经做出了决定。"他看上去没什么异样，只是语气突然变得异常疲惫，"我们必须接受这个结果。我只有一个请求，无论委员会和主席由谁担任，我们一定要团结在一起。人选并不重要，团结才是最重要的。"

这次的掌声稀稀拉拉。美国代表团团长说道："我们怀着真诚的信念来到这里，准备与各国人民共同努力。可我们听到的则是狭隘、琐碎的争吵，还有对一个伟人的中伤与污蔑。历史告诉我们，欧洲人总是这副德行，他们永远不会改变。我们本来并不相信，但现在，好吧，我们相信了。我们美国代表团就此退出这场闹剧。我们有属于自己的大洲，而我们可以自己照顾好自己。"

他们立刻收拾好自己的东西，朝大门走去。他们还没走到门口，一位中国代表站了起来，用温和而轻快的声音说道："我们同意美国代表团的说法。如果要在今天这么'热情洋溢'的气氛下选出委员会，恕我们没有任何兴趣。很遗憾，我们必须离开了。"

一位德国代表紧接着发言："瞧瞧，这就是法国人干的好事！他们只热衷于自己的爱好和野心，打算像过去一样再次统治整个欧洲。但我要警告你们：痴心妄想！我们德国人的军队可以保护自己的边疆。我们的空军……"

他的话被一阵喧闹声掩盖。我看到英国代表也站起身走出了会场。我又看了看朱利叶斯。他低垂着头，用双手蒙住了眼睛。

从召开会议的建筑里走出来后，跨过被冻得硬邦邦的雪地，登上斜坡，就可以攀上少女峰。现在，少女峰在我们左侧闪闪发光，我们右边则是莫希峰和艾格尔峰。我们面前是天文台的半球形圆顶，人们曾在那里研究遥远而寂静的天堂。我们脚下是一望无际的雪原，再往下看，则是绿色的山谷。太阳已经西沉，消失在群山之后。

自从上山以后，我们一直保持着沉默。这会儿，竹竿儿说："如果亨利还活着……"

我说："凭他一个人，会有什么不同吗？"

"一个人就很了不起了。瞧瞧朱利叶斯。再说，他不会是一个人。只要他说一声，我就会去帮助他。"

我想起了亨利说过的话。我说："也许我也会。可惜，亨利死了。"

弗里茨说："我想，我也会放弃我的农场。有些事更重要。"

竹竿儿说："我支持你。"

弗里茨摇了摇头："你不一样。你的工作很重要，我却只是种地而已。"

"都不如现在的工作重要。"竹竿儿说道，"你呢，威尔？你愿不愿意参加一场新的战斗？这场战斗时间漫长，却没那么刺激，到最后能不能胜利都不好说。你愿不愿意离开你的海洋和岛屿，帮助我们促使人们生活在一起，不但有自由，更要有和平？一个英国人、一个德国人，还有一个法国人——这是个不错的开始！"

冷风如刀，却令人心头振奋。一阵狂风掠起，在少女峰的俏脸上扬起一片雪末。

"好吧。"我回答，"我愿意离开我的海洋和岛屿！"